Chouette
t'aide à progresser !

4e
13-14 ANS

W0184957

Maths

Gérard Bonnefond
Daniel Daviaud
Bernard Revranche

Hatier

ISBN : 978-2-401-08499-5

TON TABLEAU DE BORD

Reporte la date à laquelle tu as fini chaque chapitre et coche la case qui correspond à ton résultat.

Édition : Stéphanie Herbaut
Maquette de principe : Studio Favre & Lhaïk
Cartes mentales : Domino
Illustrations : Clémence Itssaga, Stéphanie Lezziero, Stéphane Mattern, Patrick Morize (dessins de la chouette)
Mise en pages et schémas : Grafatom

Achevé d'imprimer en France par IPS à Pacy-sur-Eure

Dépôt légal n°08499-5/01 - Mars 2022

PAPIER À BASE DE FIBRES CERTIFIÉES

Hatier s'engage pour l'environnement en réduisant l'empreinte carbone de ses livres. Celle de cet exemplaire est de : 500 g éq. CO_2 Rendez-vous sur www.hatier-durable.fr

IMPRIM'VERT — Votre imprimeur agit pour...

EN COMPLÉMENT

Les mémos

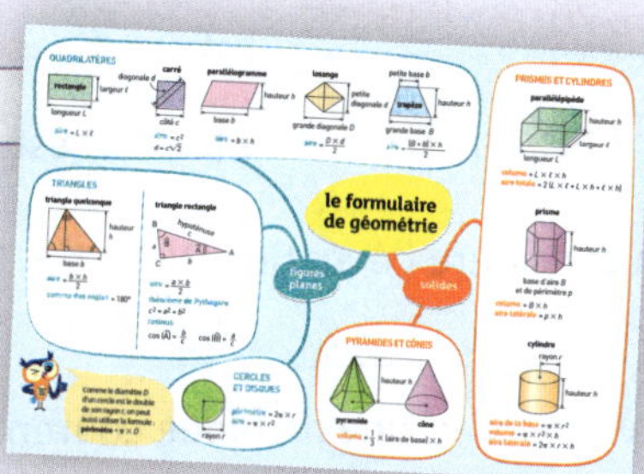

> dans les rabats de couverture
- Le formulaire de géométrie
- Les fractions
- L'art de programmer
- Les unités de mesure

> à la fin du cahier
- Les mots clés

Le livret des corrigés

> au centre du cahier
- Tous les **CORRIGÉS** des exercices, avec des explications
- Des informations « spécial parents »

ENTRAÎNE-TOI AUSSI SUR LE SITE

hatier-entrainement.com avec :

des **exercices** interactifs
classés par thème du programme

> Flashe ce QR code pour accéder au site :

Test

Pour bien démarrer ton entraînement…

1. Réponds aux questions du test.
2. Utilise le corrigé page 2 du livret pour vérifier tes réponses.
3. En cas d'erreur, entoure le n° du chapitre : il est à réviser en priorité.

NOMBRES ET CALCULS

		CHAPITRE
1	$(-2{,}1) \times (3{,}1) \times (-2{,}1)$ est égal à : ☐ a. 13,02 ☐ b. – 13,671 ☐ c. 13,671	1 p. 6
2	$(2{,}1 \div 0{,}4) \div (-2)$ est égal à : ☐ a. 2,625 ☐ b. – 10,5 ☐ c. –2,625	2 p. 8
3	Soit $a = \frac{6}{5}$ et $b = \frac{5}{6}$. Alors on a : ☐ a. $a < b$ ☐ b. $a = b$ ☐ c. $a > b$	3 p. 10
4	Soit $a = \frac{6}{5}$ et $b = \frac{5}{6}$. Alors $a - b$ est égal à : ☐ a. 0 ☐ b. $\frac{11}{30}$ ☐ c. – 1	4 p. 12
5	Sachant que $\frac{2}{15} \times x = \frac{4}{45}$, alors x est égal à : ☐ a. $\frac{2}{3}$ ☐ b. $\frac{3}{2}$ ☐ c. $\frac{2}{30}$	5 p. 14
6	$(-5)^3$ est égal à : ☐ a. – 15 ☐ b. 125 ☐ c. – 125	6 p. 16
7	$2^3 \times 2^2$ est égal à : ☐ a. 2^6 ☐ b. 32 ☐ c. 4^5	7 p. 18
8	$10^2 \div 10^4$ est égal à : ☐ a. 0,01 ☐ b. 100 ☐ c. 0,1	8 p. 20
9	La décomposition de 18 en produit de facteurs premiers est : ☐ a. 2×9 ☐ b. $2^2 \times 3$ ☐ c. 2×3^2	9 p. 22
10	En remplaçant a par 5 et b par 2 dans la formule $13a + 5b + 1$, on obtient : ☐ a. 70 ☐ b. 76 ☐ c. 52	10 p. 24
11	L'expression $3(x - 1) - 2(2x + 1)$ est égale à : ☐ a. $-x - 5$ ☐ b. $-x - 1$ ☐ c. $7x - 5$	11 p. 26
12	On considère l'équation $2(x - 1) = 3x + 4$. La solution de cette équation est : ☐ a. 2 ☐ b. – 2 ☐ c. – 6	12 p. 28
13	Deux roses et une orchidée coûtent ensemble 23 €. Une orchidée coûte 3 fois le prix d'une rose moins 2 €. Alors une rose coûte : ☐ a. 4,20 € ☐ b. 5,20 € ☐ c. 5 €	13 p. 30

GESTION DE DONNÉES

14 — Le tableau suivant est un tableau de proportionnalité :

5	x
1	5

Alors x est égal à : ☐ a. 1 ☐ b. 25 ☐ c. 0,2 — CHAPITRE 14 p. 32

15 — Voici un tableau de proportionnalité :

1	3	5
2,1	6,3	10,5

Les points X(1 ; 2,1), Y(3 ; 6,3) et Z(5 ; 10,5)…

☐ a. … sont sur une droite ne passant pas par l'origine du repère

☐ b. … sont sur une droite passant par l'origine du repère ☐ c. … ne sont pas alignés

CHAPITRE 15 p. 34

16 Voici une série statistique :

Valeur	5	7	10
Effectif	3	2	3

La médiane de cette série est : ☐ a. 7,375 ☐ b. 7 ☐ c. 2

16 p. 36

17 Un sac contient 3 boules noires, 4 boules blanches, 5 boules jaunes et 1 boule bleue. On prend au hasard une boule. La probabilité d'obtenir une boule qui ne soit pas jaune est :

☐ a. $\frac{13}{8}$ ☐ b. $\frac{8}{13}$ ☐ c. $\frac{5}{13}$

17 p. 38

GÉOMÉTRIE ET MESURES

CHAPITRE

18 ABC est un triangle rectangle en A. On a AB = 3 et BC = 5. Alors AC^2 est égal à :

☐ a. 16 ☐ b. 4 ☐ c. 34

18 p. 40

19 ZB est égal à :

☐ a. 3 ☐ b. 1,5 ☐ c. 2,5

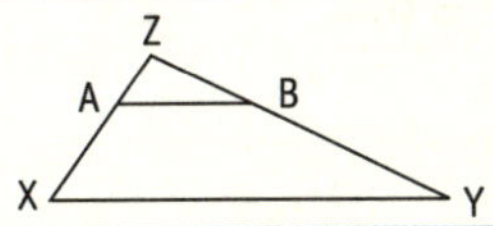

Hypothèses : (AB)//(XY)
ZX = 9
ZY = 15
ZA = 1,5

19 p. 42

20 Cos $\widehat{XYZ}$ est égal à :

☐ a. 0,75 ☐ b. 0,6 ☐ c. 0,8

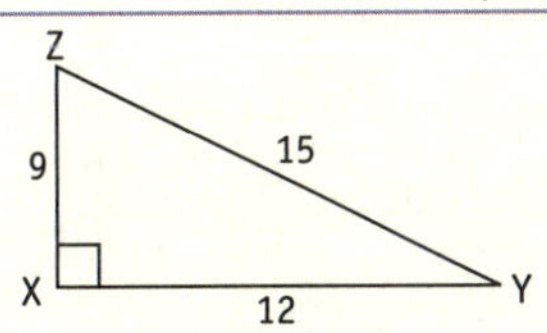

20 p. 44

21 L'image d'un triangle équilatéral par une translation est :

☐ a. un hexagone ☐ b. un triangle équilatéral ☐ c. un pentagone

21 p. 46

22 Un triangle A′B′C′ est un agrandissement du triangle ABC (A′ correspond à A, B′ à B et C′ à C). On a : AB = 2, AC = 4 et A′C′= 12. Alors A′B′ est égal à : ☐ a. 4 ☐ b. 16 ☐ c. 6

22 p. 48

23 Un triangle d'aire 3 cm² a subi un agrandissement de rapport 5.
L'aire du triangle agrandi est : ☐ a. 75 cm² ☐ b. 15 cm² ☐ c. 225 cm²

23 p. 50

24 Sachant que AB = 4 et SH = 3, le volume de ce cône est :

☐ a. 16π ☐ b. 4π ☐ c. 12π

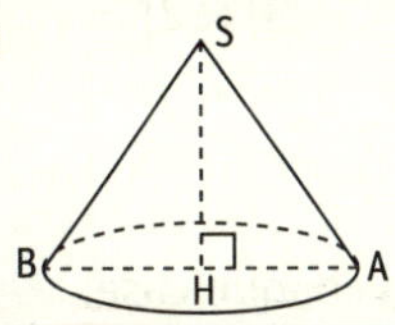

24 p. 52

25 Le patron d'une pyramide ayant 6 arêtes est composé de :

☐ a. 5 triangles ☐ b. 6 triangles ☐ c. 4 triangles

25 p. 54

26 Un athlète qui parcourt le 100 m en 10 s a une vitesse moyenne de :

☐ a. 36 km/h ☐ b. 10 km/h ☐ c. 25 km/h

26 p. 56

ALGORITHMIQUE ET PROGRAMMATION

CHAPITRE

27 Avec le logiciel Scratch, la boucle [répéter jusqu'à (a) > 10] s'arrête pour :

☐ a. $a = 9$ ☐ b. $a = 11$ ☐ c. $a = 10$

27 p. 58

Multiplier des nombres relatifs

Comment multiplier des nombres relatifs ?

Exemples
- (+ 2,1) × (+ 3) = (+ 6,3) — Plus simplement 2,1 × 3 = 6,3
- (− 2,1) × (− 3) = (+ 6,3)
- (− 2,1) × (+ 3) = (− 6,3) — − 2,1 × 3 = − 6,3

Règles
- Le produit de deux nombres relatifs de **même signe** est **positif**.
- Le produit de deux nombres relatifs de **signes contraires** est **négatif**.
- Pour tout nombre relatif x, on a : $x \times 0 = 0$.

1 Compléter mentalement

×	1	− 1	0	0,3	− 0,3	− 0,2
1						
− 1						
0						
0,3						
− 0,3				− 0,09		
− 0,2						

2 Calculer en ligne

a. − 2,5 + [(− 1) × (2,3 − 5,2)] = ...

b. [(− 2) × (− 5,3)] − [(− 5,3 + 2) × (− 2)] = ...

c. [6,1 × (− 3) × (− 2)] − [(− 6,1) × (− 3) × 2] = ...

COUP DE POUCE
a. Commence par (2,3 − 5,2).

3 Le bon signe

Marque le **signe** manquant dans chaque case.

a. 7,9 × (− 8) × (☐ 2,2) × (− 40) = − 5 561,6

b. 741 × (− 5) × (☐ 0,01) × (− 1,2) = 44,46

c. (− 3,21) × (− 3) × (☐ 0) × (− 3) = 0

4 Opérations croisées

Complète les cases blanches.

− 2	×		=	− 6
×		×		×
	×		=	
=		=		=
2	×		=	− 24

5 Étoile magique

Complète l'étoile magique : sur chaque alignement, le produit des quatre nombres est le même.

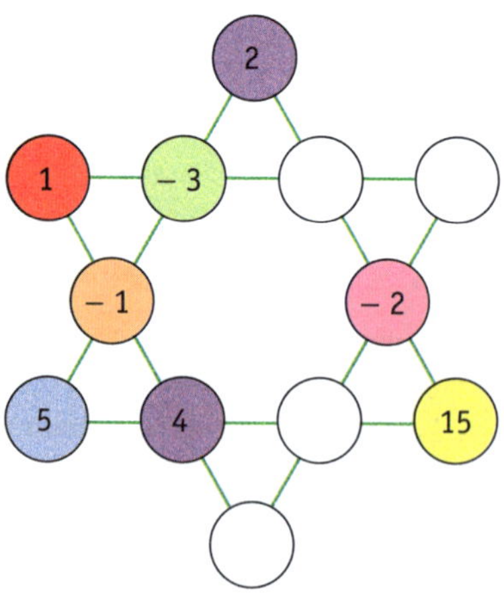

COUP DE POUCE
Exercice 5 : calcule d'abord le produit des quatre nombres alignés.

6 Un canard dans le brouillard

Aide le caneton à retrouver sa maman.

Pour cela, multiplie par (– 2) les abscisses des points A, B, C, D, E, F et G, et multiplie par 1,5 leurs ordonnées.

Joins ensuite les points A′, B′, …, G′ ainsi obtenus afin de voir poindre maman cane.

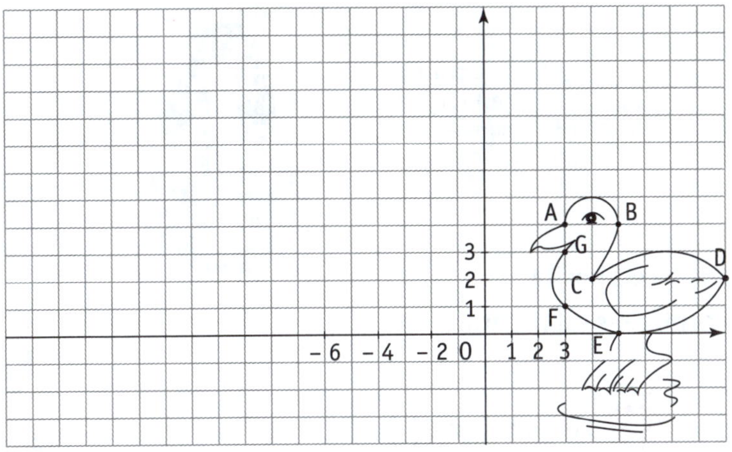

A(3 ; 4) → A′(– 6 ; 6)

B(…. ; ….) → B′(…. ; ….)

C(…. ; ….) → C′(…. ; ….)

D(…. ; ….) → D′(…. ; ….)

E(…. ; ….) → E′(…. ; ….)

F(…. ; ….) → F′(…. ; ….)

G(…. ; ….) → G′(…. ; ….)

COUP DE POUCE

L'abscisse de A est 3.
L'ordonnée de A est 4.
Abscisse de A′ :
$3 \times (-2) = -6$.
Ordonnée de A′ :
$4 \times 1{,}5 = 6$.

7 Carrés multiplicativement magiques

Dans un carré multiplicativement magique, le produit des nombres est toujours le même sur chaque ligne, chaque colonne et chaque diagonale.

Complète ces deux carrés multiplicativement magiques.

a.

2,5	4	
	– 5	
		10

b.

– 0,5	– 5	– 10,5	
	– 14		2,5
4		22,5	
17,5			3

8 Calcul mental avec Scratch

a. Assemble ce programme, sans oublier de créer les quatre variables *a*, *b*, *p* et *question*.

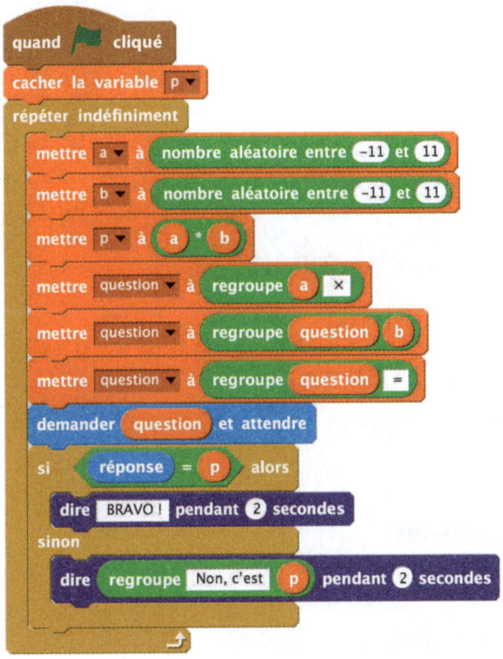

b. Lance le programme et réponds mentalement aux questions.

COUP DE POUCE

Exercice 8 : on lance le programme en cliquant sur le drapeau vert et on l'arrête en cliquant sur le stop (octogone rouge).

CORRIGÉS P. 2

2 Diviser des nombres relatifs

Comment diviser des nombres relatifs ?

Exemples

- 10,4 ÷ 4 = 2,6
- (– 10,4) ÷ (– 4) = 2,6

$\frac{10,4}{4} = \frac{-10,4}{-4} = 2,6$

- (– 10,4) ÷ 4 = – 2,6
- 10,4 ÷ (– 4) = – 2,6

$\frac{-10,4}{4} = \frac{10,4}{-4} = -2,6$

Le diviseur est toujours différent de 0.

Règles

- Le quotient de deux nombres relatifs de **même signe** est **positif**.
- Le quotient de deux nombres relatifs de **signes contraires** est **négatif**.

1 Calcul mental

Complète la table.

÷	2	– 2	0,5	– 0,5	– 1
– 7					
– 1					
2					

2 Le bon signe (1)

Marque le signe manquant dans chaque case.

a. 8,5 ÷ (□ 0,2) = – 42,5

b. □ 2,5 ÷ (– 8) = – 0,3125

c. (– 9,3) ÷ (□ 0,01) = 930

d. □ 3,4 ÷ 5 = 0,68

INFO

Exercice 1 : diviser par 0,5 donne le double.

3 Le bon signe (2)

Même consigne.

a. [9,3 ÷ (□ 0,3)] ÷ (– 0,1) = 310

b. □ 9,3 ÷ [0,3 ÷ (– 0,1)] = 3,1

c. [□ 9,3 ÷ (– 0,3)] ÷ (– 0,1) = – 310

d. 9,3 ÷ [□ 0,3 ÷ (– 0,1)] = 3,1

4 Calculer des quotients de décimaux

a. 9 ÷ 0,4 = ...

b. 15 ÷ (– 0,1) = ...

c. (– 1,5) ÷ (– 30) = ...

d. (– 8) ÷ 125 = ...

5 Avec des parenthèses

Calcule en ligne.

a. (9 ÷ 10) – (10 ÷ 0,5) = ...

b. [(– 2,7) ÷ (– 3)] + [(– 0,5) × (– 3)] = ...

c. (– 3,25) × [2,5 ÷ (– 0,2)] = ...

d. [– 2,7 ÷ (– 3)] × [(– 0,9) ÷ (– 3)] = ...

COUP DE POUCE

Effectue d'abord les calculs entre parenthèses ou entre crochets.

6 Valeurs approchées de quotients

Indique une valeur approchée, à 0,01 près, de chacun des quotients.

a. $1 \div 7 \approx$ ……………………………

b. $11 \div 9 \approx$ ……………………………

c. $221 \div 25 =$ ……………………………

d. $(-2) \div 3 \approx$ ……………………………

e. $8 \div (-13) \approx$ ……………………………

f. $(-3) \div (-19) \approx$ ……………………………

g. $(-2{,}1) \div 0{,}31 \approx$ ……………………………

h. $3{,}2 \div (-3) \approx$ ……………………………

INFO
On voit ici que le quotient de deux nombres décimaux n'est pas toujours un décimal.

7 Avis de recherche

Trouve le nombre manquant.

a. $\square \div 5 = -0{,}56$

b. $\square \div (-3) = -0{,}56$

c. $-3{,}4 \div \square = 34$

d. $-8{,}1 \div \square = -16{,}2$

COUP DE POUCE
Si $a \div b = c$
alors $a = b \times c$
c. Par exemple puisque
$-3{,}4 \div \square = 34$
alors $-3{,}4 = 34 \times \square$

8 Équations

Dans chaque cas, trouve le nombre x qui vérifie l'égalité proposée.

a. $(-2) \times x + 3{,}2 = 1{,}1$

……………………………

……………………………

……………………………

b. $7 \times x + 8{,}7 = -13$

……………………………

……………………………

……………………………

COUP DE POUCE
Exercice 8 :
Par exemple,
si $(-5)x + 3 = 9$
alors
$(-5)x = 9 - 3$
$(-5)x = 6$
Et donc
$x = 6 \div (-5)$
$x = -1{,}2$.

9 Wanted x

J'ai pris un nombre x, je l'ai multiplié par (-2) puis j'ai ajouté (-3).
J'ai ensuite divisé le résultat par (-2) et j'ai trouvé $-3{,}5$.
Quel était le nombre x ?

……………………………

……………………………

……………………………

……………………………

……………………………

10 Calcul mental avec Scratch

a. Assemble ce programme.

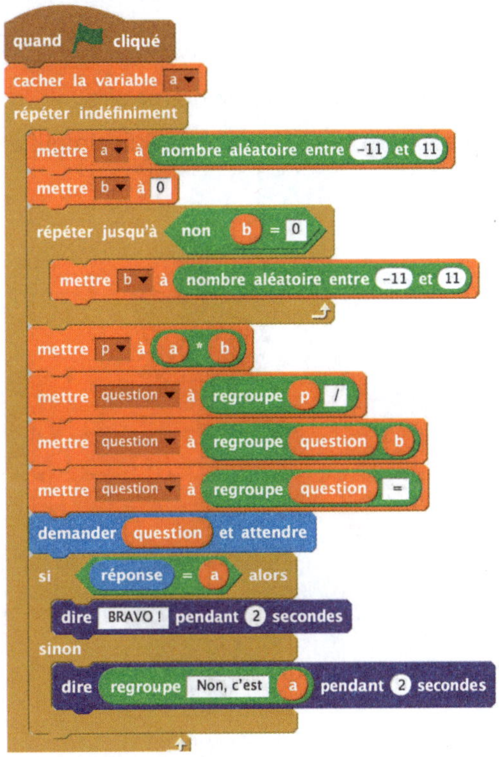

b. Lance le programme et effectue mentalement les divisions proposées.

CORRIGÉS P. 3

3 NOMBRES ET CALCULS

Reconnaître et utiliser des fractions égales

Comment simplifier une fraction ?

Propriété

Soit $\frac{a}{b}$ une fraction et $k \neq 0$. On a : $\frac{k \times a}{k \times b} = \frac{a}{b}$.

Simplification d'une fraction

La propriété précédente permet de **simplifier** des fractions.

- *Exemple 1 :* $\frac{15}{33} = \frac{3 \times 5}{3 \times 11} = \frac{5}{11}$. (On a ici simplifié par 3.)
- *Exemple 2 :* $\frac{56}{42} = \frac{2 \times 28}{2 \times 21} = \frac{28}{21} = \frac{7 \times 4}{7 \times 3} = \frac{4}{3}$. (On a ici simplifié par 2 puis par 7.)
- *Exemple 3 :* $\frac{12}{4} = 3$ car $12 \div 4 = 3$.

Une fraction est aussi un quotient.

1 Fractions de figures

On a découpé chaque figure en morceaux de même aire.
Indique la fraction représentant la partie colorée. Puis simplifie cette fraction.

COUP DE POUCE
Compte les morceaux.

a.

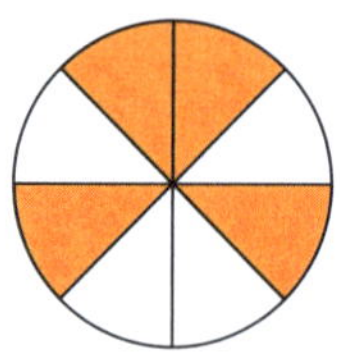

$\frac{....}{8} = \frac{....}{....}$

c.

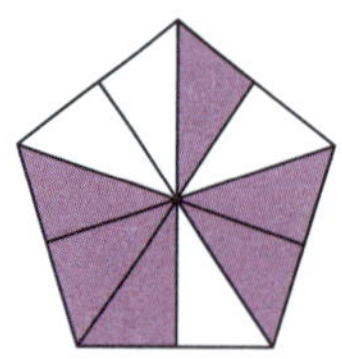

$\frac{....}{....} = \frac{....}{....}$

e.

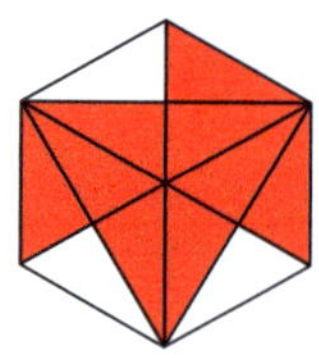

$\frac{....}{....} = \frac{....}{....}$

b.

$\frac{....}{9} = \frac{....}{....}$

d.

$\frac{....}{....} = \frac{....}{....}$

f.

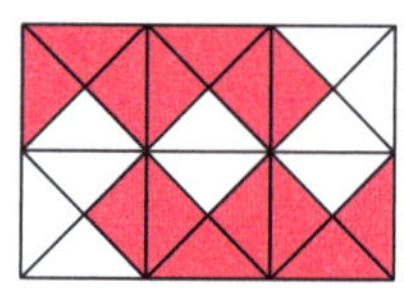

$\frac{....}{....} = \frac{....}{....}$

2 Simplifier des fractions

a. $\frac{14}{21} =$ ....

b. $\frac{15}{18} =$ ....

c. $\frac{900}{500} =$ ....

d. $\frac{-72}{63} =$ ....

e. $\frac{42}{36} =$ ....

f. $\frac{-45}{15} =$ ....

Pourquoi changer le dénominateur d'une fraction ?

- Pour **comparer** ou **additionner** des fractions, on doit parfois changer les dénominateurs.

Exemple : $\frac{3}{4}$ est-il plus grand que $\frac{2}{3}$?

Écrivons $\frac{3}{4}$ et $\frac{2}{3}$ avec le dénominateur commun 12.

$\frac{3}{4} = \frac{3 \times 3}{4 \times 3} = \frac{9}{12}$ et $\frac{2}{3} = \frac{2 \times 4}{3 \times 4} = \frac{8}{12}$ or $\frac{9}{12} > \frac{8}{12}$. Donc $\frac{3}{4} > \frac{2}{3}$.

3 Soixantièmes

$\frac{1}{2} = \frac{\dots}{60}$ $\frac{2}{3} = \frac{\dots}{60}$ $\frac{1}{4} = \frac{\dots}{60}$ $\frac{3}{4} = \frac{\dots}{60}$ $\frac{3}{5} = \frac{\dots}{60}$ $\frac{5}{6} = \frac{\dots}{60}$

$\frac{1}{10} = \frac{\dots}{60}$ $\frac{3}{10} = \frac{\dots}{60}$ $\frac{5}{12} = \frac{\dots}{60}$ $\frac{7}{15} = \frac{\dots}{60}$ $\frac{9}{20} = \frac{\dots}{60}$ $\frac{7}{30} = \frac{\dots}{60}$

COUP DE POUCE
Pense aux heures et aux minutes.

4 Renversant

a. Prouve que $\frac{12}{21} = \frac{4}{7}$ ....

b. La fraction $\frac{12}{21}$ a une particularité : son dénominateur s'obtient en permutant les chiffres du numérateur. Trouve trois autres fractions égales à $\frac{4}{7}$ et ayant la même particularité.

....

COUP DE POUCE
a. Sur ta calculatrice, compare les décimales de π et de $\frac{22}{7}$.

5 Fractions égales à π ?

a. La fraction $\frac{22}{7}$ est-elle égale à π ? ....

b. Même question pour $\frac{355}{113}$ ....

6 Égalités à compléter

$\frac{7}{9} = \frac{\dots}{81}$ $\frac{8}{36} = \frac{2}{\dots}$ $\frac{25}{\dots} = \frac{5}{7}$ $\frac{36}{10} = \frac{\dots}{1\,000}$

$\frac{46}{23} = \frac{\dots}{46}$ $\frac{7}{8} = \frac{49}{\dots}$ $\frac{1}{1\,000} = \frac{0{,}1}{\dots}$ $\frac{2}{-3} = \frac{-4}{\dots}$

INFO
Réduire deux fractions au même dénominateur, c'est écrire ces deux fractions avec un dénominateur commun.

7 Dénominateur commun

Réduis au même dénominateur puis compare.

a. $\frac{4}{9}$ et $\frac{16}{27}$: ....

b. $\frac{3}{8}$ et $\frac{5}{4}$: ....

c. $\frac{7}{8}$ et $\frac{4}{9}$: ....

d. $\frac{2}{3}$ et $\frac{4}{5}$: ....

CORRIGÉS P. 5

Additionner et soustraire des fractions

Comment additionner et soustraire des fractions ?

Additionner des fractions

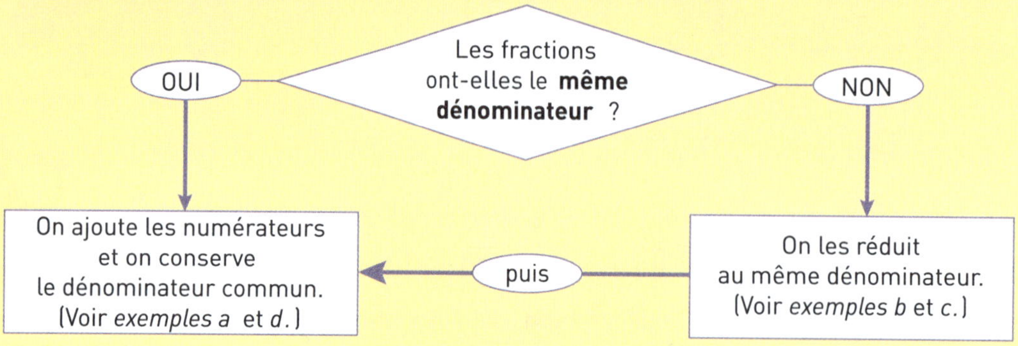

Exemples :

$a = \frac{11}{5} + \frac{6}{5} = \frac{17}{5}$

On a pris 15 pour dénominateur commun.

$b = \frac{13}{15} + \frac{(-2)}{5} = \frac{13}{15} + \frac{(-2) \times 3}{5 \times 3} = \frac{13}{15} + \frac{(-6)}{15} = \frac{7}{15}$

$c = \frac{5}{2} + \frac{7}{9} = \frac{5 \times 9}{2 \times 9} + \frac{2 \times 7}{2 \times 9} = \frac{45}{18} + \frac{14}{18} = \frac{59}{18}$

On a pris 18 pour dénominateur commun.

$d = \frac{4}{14} + \frac{17}{14} = \frac{21}{14} = \frac{7 \times 3}{7 \times 2} = \frac{3}{2}$

Parfois, on peut simplifier le résultat.

Soustraire des fractions

L'**opposé** de la fraction $\frac{a}{b}$ est $\frac{-a}{b}$. *Exemple :* l'opposé de $\frac{3}{7}$, c'est $-\frac{3}{7} = \frac{-3}{7}$.

Pour soustraire, on ajoute l'opposé.

Exemple : $\frac{7}{6} - \frac{5}{8} = \frac{7}{6} + \frac{-5}{8} = \frac{7 \times 4}{6 \times 4} + \frac{-5 \times 3}{8 \times 3} = \frac{28}{24} + \frac{-15}{24} = \frac{28-15}{24} = \frac{13}{24}$

1 Avec un même dénominateur

Effectue et simplifie éventuellement le résultat.

a. $\frac{1}{3} + \frac{5}{3} =$ ....

b. $\frac{25}{36} - \frac{7}{36} =$ ....

c. $\frac{17}{100} - \frac{7}{100} =$ ....

d. $-\frac{3}{7} + \frac{20}{7} =$ ....

2 Avec un dénominateur multiple de l'autre

Effectue et simplifie éventuellement.

a. $\frac{3}{5} + \frac{1}{10} =$ ....

b. $\frac{3}{7} - \frac{2}{21} =$ ....

c. $\frac{1}{10} + \frac{1}{2} + \frac{3}{5} =$ ....

d. $\frac{1}{22} - \frac{1}{11} =$ ....

COUP DE POUCE

Le dénominateur commun est ici le plus grand des dénominateurs donnés.

3 Avec des dénominateurs quelconques

Effectue et simplifie éventuellement.

a. $\frac{1}{2}+\frac{2}{3}=$ ....

b. $\frac{1}{2}+\frac{1}{4}+\frac{1}{3}=$ ....

c. $\frac{3}{10}-\frac{4}{15}=$ ....

d. $\frac{6}{7}-\frac{4}{5}-\frac{2}{35}=$ ....

INFO
Un dénominateur commun est un multiple commun aux dénominateurs donnés. Essaye de trouver le plus petit multiple commun.

4 Opérations en tableau

Complète les deux tableaux, en faisant d'abord tes calculs au brouillon.

a.

+	$\frac{5}{6}$	$\frac{1}{3}$	$\frac{3}{2}$	$\frac{3}{4}$
$\frac{1}{6}$				
$\frac{2}{3}$				
$\frac{1}{2}$				

b.

−	$\frac{1}{3}$	$\frac{3}{4}$	$\frac{3}{2}$	$\frac{2}{5}$
$\frac{2}{3}$				
$\frac{1}{4}$				
$\frac{4}{5}$				

COUP DE POUCE
Pense à simplifier les fractions obtenues.

5 Tarte ronde

Flavio a mangé les $\frac{5}{36}$ de la tarte. Enzo en a mangé les $\frac{2}{9}$.

a. Qui en a mangé le plus ? Pourquoi ?

....

b. Quelle fraction de tarte ont-ils mangée à eux deux ?

....

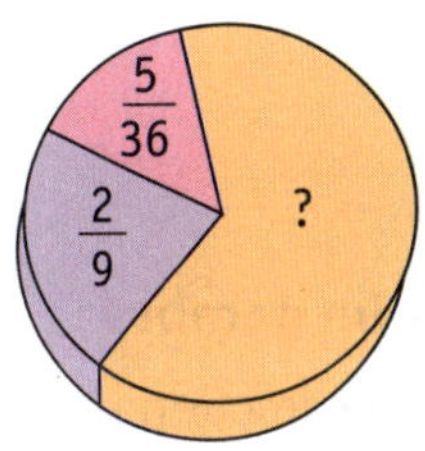

c. Quelle fraction de tarte reste-t-il ?

....

COUP DE POUCE
a. Comment compares-tu deux fractions ? (Vois le chapitre 3.)

6 Vers l'écriture fractionnaire

Écris sous forme d'une fraction.

a. $5+\frac{1}{3}=$ ....

b. $11+\frac{2}{5}=$ ....

c. $3+\frac{1}{7}=$ ....

d. $1+\frac{1}{2}=$ ....

e. $6+\frac{1}{25}=$ ....

f. $6+\frac{1}{4}=$ ....

CORRIGÉS P. 6

5 Multiplier et diviser des fractions

Comment multiplier des fractions ?

Multiplication de deux fractions

$\frac{a}{b}$ et $\frac{c}{d}$ étant des fractions, on a : $\frac{a}{b} \times \frac{c}{d} = \frac{a \times c}{b \times d}$.

Exemple : $\frac{5}{8} \times \frac{-7}{9} = \frac{5 \times (-7)}{8 \times 9} = \frac{-35}{72}$

Parfois, on peut simplifier : $\frac{3}{4} \times \frac{4}{11} = \frac{3 \times \cancel{4}}{\cancel{4} \times 11} = \frac{3}{11}$

Multiplication d'une fraction par un nombre

On a : $a \times \frac{1}{b} = \frac{a}{b}$ et $c \times \frac{a}{b} = \frac{c \times a}{b}$.

En effet, $a \times \frac{1}{b} = \frac{a}{1} \times \frac{1}{b} = \frac{a \times 1}{1 \times b} = \frac{a}{b}$ et $c \times \frac{a}{b} = \frac{c}{1} \times \frac{a}{b} = \frac{c \times a}{1 \times b} = \frac{c \times a}{b}$

1 Quelques multiplications

Effectue, sans oublier de simplifier.

a. $\frac{9}{8} \times \frac{16}{27} =$ ……………………

b. $\frac{4}{3} \times \frac{12}{28} =$ ……………………

c. $\frac{-7}{25} \times \left(-\frac{15}{14}\right) =$ ……………………

d. $\frac{5}{8} \times \frac{8}{5} =$ ……………………

e. $\frac{3}{-4} \times \left(-\frac{16}{5}\right) =$ ……………………

f. $\left(-\frac{1}{4}\right) \times \frac{40}{5} =$ ……………………

COUP DE POUCE

Sois astucieux : simplifie avant de multiplier.

$\frac{9}{8} \times \frac{16}{27} = \frac{9 \times (2 \times 8)}{8 \times (3 \times 9)}$

À ce niveau-là, tu peux simplifier par 8 et par 9.

2 Multiplication par un nombre

Écris sous la forme d'une fraction simplifiée.

a. $2 \times \frac{1}{3} =$ ……………………

b. $5 \times \frac{1}{25} =$ ……………………

c. $25 \times \frac{3}{7} =$ ……………………

d. $49 \times \frac{5}{7} =$ ……………………

e. $(-3) \times \frac{8}{27} =$ ……………………

f. $4 \times \left(-\frac{9}{2}\right) =$ ……………………

ATTENTION !

Multiplier n'est pas additionner.
On n'a pas besoin d'un dénominateur commun.

3 En voyage

Deux autobus de 54 places, remplis aux 2/3, se vident chacun d'un quart de leurs voyageurs. Peut-on rassembler les voyageurs restants dans un seul autobus ?

……………………………………………………………

……………………………………………………………

……………………………………………………………

Comment diviser deux fractions ?

Inverse d'une fraction

Soit $\frac{a}{b}$ une fraction, avec $a \neq 0$ et $b \neq 0$.

> L'inverse de $\frac{a}{b}$ est $\frac{b}{a}$. L'inverse de a est $\frac{1}{a}$.

Division

> Pour diviser, on multiplie par l'inverse : $\frac{a}{b} \div \frac{c}{d} = \frac{a}{b} \times \frac{d}{c} = \frac{a \times d}{b \times c}$.

Exemple :
$\frac{7}{8} \div \frac{11}{9} = \frac{7}{8} \times \frac{9}{11} = \frac{7 \times 9}{8 \times 11} = \frac{63}{88}$.

Vérification :
$\frac{63}{88} \times \frac{11}{9} = \frac{63 \times 11}{88 \times 9} = \frac{7 \times 9 \times 11}{8 \times 11 \times 9} = \frac{7}{8}$.

4 Quelques divisions

Effectue, en simplifiant quand c'est possible.

a. $\frac{2}{3} \div \frac{3}{7} =$ ……………………………

b. $\frac{7}{8} \div \frac{5}{6} =$ ……………………………

c. $-\frac{9}{20} \div \frac{3}{4} =$ ……………………………

d. $\left(-\frac{2}{3}\right) \div \frac{2}{3} =$ ……………………………

e. $\left(-\frac{7}{4}\right) \div \left(-\frac{4}{7}\right) =$ ……………………………

f. $5 \div \frac{3}{4} =$ ……………………………

5 De tout, un peu

Effectue et simplifie éventuellement.

a. $\left(\frac{4}{5} \times \frac{2}{3}\right) \times \frac{1}{8} =$ ……………………………

b. $\left(\frac{1}{4} + \frac{1}{8}\right) \times \frac{5}{3} =$ ……………………………

c. $\left(\frac{3}{7} - \frac{1}{14}\right) \div \frac{1}{2} =$ ……………………………

d. $\left(\frac{5}{6} + \frac{1}{6}\right) \times \left(\frac{25}{12} - \frac{1}{12}\right) =$ ……………………………

COUP DE POUCE
Tu peux procéder de plusieurs façons.

6 Opérations à trous

a. $\frac{2}{5} \times \frac{\dots}{\dots} = \frac{4}{15}$

b. $\frac{3}{7} \times \frac{\dots}{\dots} = \frac{51}{49}$

c. $\frac{2}{3} \times \frac{\dots}{\dots} = \frac{4}{9}$

d. $\frac{1}{5} \times \frac{\dots}{\dots} = \frac{3}{25}$

e. $\frac{5}{11} \times \frac{\dots}{\dots} = \frac{15}{22}$

f. $\frac{36}{13} \times \frac{\dots}{\dots} = \frac{36}{65}$

7 Carrés multiplicativement magiques

Complète les deux carrés multiplicativement magiques.

a.

$\frac{1}{2}$		$\frac{1}{18}$
	$\frac{3}{2}$	
		$\frac{9}{2}$

b.

		$\frac{4}{3}$
$\frac{32}{3}$	$\frac{2}{3}$	
$\frac{1}{3}$		

INFO
Pour chaque carré, les produits des nombres sur les lignes, les colonnes et les deux diagonales sont les mêmes.

CORRIGÉS P. 7

Connaître les puissances

Qu'appelle-t-on puissance d'un nombre *a* ?

Une notation qui raccourcit l'écriture d'un produit

Pour tout nombre *a* :

Produit	Notation	Se dit…
$a \times a$	a^2	« *a* au carré »
$a \times a \times a$	a^3	« *a* au cube »
$a \times a \times a \times a$	a^4	« *a* puissance 4 »
$\underbrace{a \times \ldots \times a}$ *n* facteurs (où *n* est un entier naturel)	a^n	« *a* puissance *n* »

Exemples

$3^4 = 3 \times 3 \times 3 \times 3 = 81$

$2^5 = 2 \times 2 \times 2 \times 2 \times 2 = 32$

$10^2 = 10 \times 10 = 100$

$10^6 = 10 \times 10 \times 10 \times 10 \times 10 \times 10 = 1\,000\,000$

Cas particuliers

$2^1 = 2$ et plus généralement $a^1 = a$; $0^4 = 0 \times 0 \times 0 \times 0 = 0$ et $0^n = 0 \times \ldots \times 0 = 0$;
$1^5 = 1 \times 1 \times 1 \times 1 \times 1 = 1$ et $1^n = 1 \times \ldots \times 1 = 1$.

1 Calculer

$6^2 =$ .... $0^{13} =$ .... $2^4 =$ .... $18^1 =$ ....

$4^3 =$ .... $(-1)^5 =$ .... $(-3)^2 =$ .... $10^4 =$ ....

2 Treize à la douzaine

Calcule les carrés des nombres entiers de 0 à 12.

n	0	1	2	3	4	5	6	7	8	9	10	11	12
n^2													

INFO
À connaître par cœur !

3 Carrés et cubes

a. Écris sous forme de puissance :

- l'aire d'un carré de 17 m de côté : ....

- le volume d'un cube de 3 dm d'arête : ....

b. Calcule cette aire en m² et ce volume en litres. ....

4 Trouver le signe

Donne le signe de :

7^2 : ☐ 7^3 : ☐ 7^4 : ☐

$(-7)^2$: ☐ $(-7)^3$: ☐ $(-7)^4$: ☐

1^3 : ☐ $(-1)^3$: ☐ $-(1^3)$: ☐

COUP DE POUCE
Applique la règle des signes connue pour la multiplication.

5 Calcul mental

Complète le tableau (mentalement de préférence).

n	3	2	2	1	13	16	2	1	3
a	4	– 7	10	16	0	– 1	0,5	– 6	– 10
a^n									

Comment calculer des puissances avec une calculatrice ?

- La touche x^2 calcule un **carré**. *Exemple :* 5 x^2 = donne 25.
  Parfois, il existe aussi une touche x^3 pour calculer un **cube**.
  Exemple : 4 x^3 = donne 64.
- Pour les **autres exposants**, on utilise la touche x^n ou $x^{\square}$.
  Exemple : 2 x^n 8 = donne 256.

6 Avec la calculatrice (1)

Complète.

a. $7^3 =$ ....

b. $12^2 =$ ....

c. $(-13)^3 =$ ....

d. $2^9 =$ ....

e. $2^{10} =$ ....

f. $0{,}1^4 =$ ....

g. $0{,}2^3 =$ ....

h. $0{,}8^2 =$ ....

i. $1{,}2^2 =$ ....

7 Avec la calculatrice (2)

Complète le tableau avec la calculatrice.

x	6	2				7		5	2
p	4		1	3	3		13		
x^p		64	0,5	1 331	– 27	2 401	– 1	625	1 024

COUP DE POUCE

Pour compléter les deux premières lignes, tu pourras procéder par « tâtonnements ».

8 Vrai ou faux ? (1)

Inscris dans la case « V » pour « Vrai » ou « F » pour « Faux ».

a. $2^3 = 3^2$ ☐

b. $2^4 = 4^2$ ☐

c. $2^{10} = 10^3$ ☐

d. $(-1)^4 = -1$ ☐

e. $0{,}1^2 = 0{,}01$ ☐

f. $3^2 + 4^2 = 5^2$ ☐

9 Vrai ou faux ? (2)

Inscris dans la case « V » pour « Vrai » ou « F » pour « Faux ».

a. $6^3 + 8^3 = 9^3$ ☐

b. $1\,676 = 1^1 + 6^2 + 7^3 + 6^4$ ☐

c. $407 = 4^3 + 0^3 + 7^3$ ☐

d. $19^2 + 96^2 = (19 + 96)^2$ ☐

e. $1^3 + 2^3 + 3^3 + 4^3 = (1 + 2 + 3 + 4)^2$ ☐

f. $2^5 + 4^2 + 1^3 = 3^4$ ☐

g. $5^4 + 6^4 - (1 + 9)^4 = 1^4 + 9^4 - (5 + 6)^4$ ☐

INFO

Certaines de ces égalités sont des curiosités étonnantes.

CORRIGÉS P. 8

☐ ☐ ☐

Savoir calculer avec les puissances

Comment exécuter des calculs sur des puissances ?

Exemples

- Produit de deux puissances d'un même nombre :

$2^3 \times 2^5 = (2 \times 2 \times 2) \times (2 \times 2 \times 2 \times 2 \times 2) = 2^8$.

- Quotient de deux puissances d'un même nombre :

$\frac{3^7}{3^3} = \frac{3 \times 3 \times 3 \times 3 \times \cancel{3} \times \cancel{3} \times \cancel{3}}{\cancel{3} \times \cancel{3} \times \cancel{3}} = 3^4$ après simplification.

$\frac{10^2}{10^5} = \frac{\cancel{10} \times \cancel{10}}{10 \times 10 \times 10 \times \cancel{10} \times \cancel{10}} = \frac{1}{10^3}$ après simplification.

- Puissance d'un produit :

$(5 \times 7)^3 = (5 \times 7) \times (5 \times 7) \times (5 \times 7) = (5 \times 5 \times 5) \times (7 \times 7 \times 7) = 5^3 \times 7^3$.

- Puissance d'un quotient : $\left(\frac{4}{9}\right)^3 = \frac{4}{9} \times \frac{4}{9} \times \frac{4}{9} = \frac{4 \times 4 \times 4}{9 \times 9 \times 9} = \frac{4^3}{9^3}$.

Priorité de l'opération puissance

En l'absence de parenthèses, l'opération puissance est **prioritaire** sur toutes les autres opérations.

Exemples : $2 \times 3^3 = 2 \times 27 = 54$ alors que $(2 \times 3)^3 = 6^3 = 216$.

$6 + 5^2 = 6 + 25 = 31$ alors que $(6 + 5)^2 = 11^2 = 121$.

COUP DE POUCE

Un nombre entier est aussi un nombre décimal !
Exemple : 4 = 4,0.

1 Écrire sous forme d'un nombre décimal (1)

a. $3^2 \times 3^3 =$ ....

b. $7 \times 7^2 =$ ....

c. $0{,}2^2 \times 0{,}2^2 =$ ....

d. $1{,}3^2 \times 1{,}3 =$ ....

e. $4^3 \times 4 =$ ....

f. $10 \times 1{,}1^2 =$ ....

2 Écrire sous forme d'un nombre décimal (2)

a. $\frac{8^5}{8^3} =$ ....

b. $\frac{9^2}{9} =$ ....

c. $\frac{2^2}{2^5} =$ ....

d. $\frac{5}{5^3} =$ ....

e. $\frac{3^{11}}{3^{11}} =$ ....

f. $6 \times \frac{6^2}{6^2} =$ ....

3 Rayer les calculs faux

a. $5^3 \times 5^2 = 5^6$

b. $13^3 \times 13^3 = 13^6$

c. $2^4 \times 7^2 = 14^6$

d. $2^4 \times 7^4 = 14^4$

e. $7^2 \times 7^2 \times 7^2 = 7^8$

f. $3^2 \times 11^3 = 33^5$

4 Écrire sous forme d'une seule puissance

a. $3^4 \times 3^5 =$ ....

b. $4^3 \times 4 =$ ....

c. $2^3 \times 3^3 =$ ....

d. $3^2 \times 5^2 =$ ....

5 Invasion

Dans une maison abandonnée, une population de souris double tous les trimestres.

a. Il y a 10 souris au départ.
En utilisant des puissances, exprime le nombre de souris au bout de 2 trimestres, puis au bout de 4 trimestres, puis au bout de 2 ans.

Départ	2 trimestres	4 trimestres	2 ans
10	10 ×	....	....

b. Calcule le nombre de la dernière case. ....

c. Au cours d'une année, par combien le nombre de souris est-il multiplié ? ....

6 Vrai ou faux ?

Inscris dans la case « V » pour « Vrai » ou « F » pour « Faux ».

a. $5^3 \times 2^3 = 10^3$ ☐

b. $1^3 \times 3^3 = 13^3$ ☐

c. $3^4 \times 2^4 = 6^4$ ☐

d. $2^4 \times 2^2 = 4^3$ ☐

e. $3^2 \div 1^3 = 9$ ☐

f. $5^3 \div 5 = 5^4$ ☐

g. $4^2 \div 2^3 = 2$ ☐

h. $10^2 \div 4 = 5^2$ ☐

COUP DE POUCE
Utilise ton brouillon.

7 Carrés multiplicativement magiques

Complète par des puissances les carrés suivants.

a.

	1	2^5
	2^4	
2^3		

b.

	1	
5	5^8	5^3

c.

3^3		
3^8		1
3		

INFO
Dans un carré multiplicativement magique, le produit des nombres sur une ligne, une colonne ou une diagonale est toujours le même.

8 Pyramide de puissances de 2

Complète la pyramide suivante sachant qu'une brique est égale au produit des deux briques qui la soutiennent.

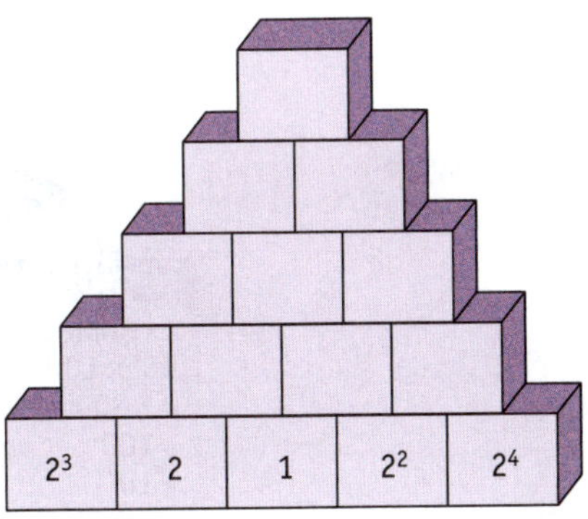

9 Chercher l'intrus

a. L'un de ces cinq nombres n'est pas égal à la somme des cubes de ses chiffres. Entoure ce nombre.
153, 370, 371, 407, 516.

b. L'un de ces cinq nombres n'est pas égal à la somme des chiffres de son cube. Entoure ce nombre.
17, 18, 26, 27, 35.

COUP DE POUCE
Exercice 8. *Exemple* :

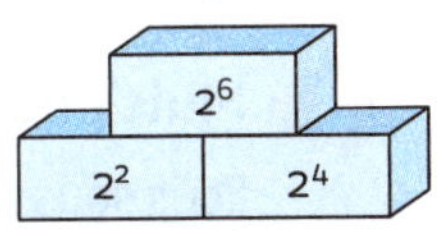

$2^2 \times 2^4 = 2^6$

CORRIGÉS P. 9

☐ ☐ ☐

Utiliser les puissances de 10

Comment calculer avec les puissances de 10 ?

Définitions

$10^n = \underbrace{10 \times ... \times 10}_{n \text{ facteurs}} = \underbrace{10...0}_{n \text{ zéros}}$

Exemples :

$10^3 = 1\,000$ $10^0 = 1$

$10^9 = 1\,000\,000\,000$ (un milliard)

$10^{-n} = \dfrac{1}{10^n} = \underbrace{0,0...01}_{n \text{ chiffres après la virgule}}$

Exemples :

$10^{-3} = 0,001$ (un millième)

$10^{-6} = 0,000\,001$ (un millionième)

Multiplication d'un nombre par une puissance de 10

- Pour multiplier par 10^1, 10^2, 10^3 ... on déplace la virgule de 1, 2, 3... rangs **vers la droite**.

Exemples :
$6,531 \times 10^2 = 653,1$ et $7 \times 10^3 = 7\,000$

- Pour multiplier par 10^{-1}, 10^{-2}, 10^{-3}... on déplace la virgule de 1, 2, 3... rangs **vers la gauche**.

Exemples :
$178,9 \times 10^{-1} = 17,89$ et $6 \times 10^{-3} = 0,006$

1 Mise en forme

Écris sous forme d'une puissance de 10.

100 000 = ... un million = ...

un centième = ... 0,001 = ...

cent = ... 0,000 001 = ...

2 La chasse aux puissances

Écris sous forme d'un nombre entier ou décimal.

10^3 = ... 10^{-4} = ...

5×10^2 = ... 3×10^{-2} = ...

$0,5 \times 10^{-2}$ = ... 200×10^{-1} = ...

INFO
On rappelle qu'un nombre entier est un nombre décimal particulier.

3 Multiplications de puissances de 10

Écris sous forme d'une puissance de 10.

$10^2 \times 10^3$ = ... $10^{-2} \times 10^4$ = ...

$10^6 \times 10^{-2}$ = ... $10^{-3} \times 10$ = ...

$10^5 \times 10^{-5}$ = ... $10^{-2} \times 10^7$ = ...

10×10 = ... $10^2 \times 10^{-6}$ = ...

COUP DE POUCE
Exemple :
$10^3 \times 10^{-1}$
$= 1\,000 \times 0,1$
$= 100$
$= 10^2$

4 Quotients de puissances de 10

Écris sous forme d'une puissance de 10.

$\dfrac{10\,000}{10^2} = \ldots\ldots\ldots$ $\dfrac{10^{-1}}{10} = \ldots\ldots\ldots$ $\dfrac{10^3}{0{,}1} = \ldots\ldots\ldots$

$\dfrac{10^{-4}}{10^{-1}} = \ldots\ldots\ldots$ $\dfrac{10^{-1}}{10^{-1}} = \ldots\ldots\ldots$ $\dfrac{10}{10^{-2}} = \ldots\ldots\ldots$

COUP DE POUCE
Écris d'abord les nombres sous forme décimale. Utilise ta calculatrice pour vérifier.

5 Remettre de l'ordre

Range dans l'ordre croissant les nombres suivants.

285×10^{-4} $0{,}3 \times 10^{-1}$ $-0{,}3 \times 10^{-1}$ -285×10^{-4}

……………………………………………………………………

……………………………………………………………………

COUP DE POUCE
Écris d'abord les nombres sous forme décimale.

Qu'est-ce que la notation scientifique ?

Exemples :

- $0{,}003\,615 = 3{,}615 \times 10^{-3}$
- $736\,000 = 7{,}36 \times 10^5$
- $0{,}015 = 1{,}5 \times 10^{-2}$
- $251 = 2{,}51 \times 10^2$

C'est le produit d'un nombre (compris entre 1 et 10 exclu) par une puissance de 10.

6 Écriture décimale

Les nombres suivants sont écrits en notation scientifique. Donne leur écriture décimale.

$4 \times 10^{-3} = \ldots\ldots\ldots$ $2 \times 10^6 = \ldots\ldots\ldots$

$8 \times 10^{-1} = \ldots\ldots\ldots$ $7{,}36 \times 10^4 = \ldots\ldots\ldots$

$9{,}1 \times 10^{-2} = \ldots\ldots\ldots$ $2{,}5813 \times 10^3 = \ldots\ldots\ldots$

COUP DE POUCE
Exemple : $1{,}342 \times 10^2 = 134{,}2$.

7 Notation scientifique

Donne la notation scientifique des nombres suivants.

$2008 = \ldots\ldots\ldots$ $27\,182 \times 10^{-4} = \ldots\ldots\ldots$

15 millions $= \ldots\ldots\ldots$ $314{,}1 \times 10^{-4} = \ldots\ldots\ldots$

$0{,}84 \times 10^4 = \ldots\ldots\ldots$ $371 = \ldots\ldots\ldots$

320 milliards $= \ldots\ldots\ldots$ $36\,000 = \ldots\ldots\ldots$

8 Calculs

Calcule et donne les résultats en notation scientifique.

$(24 \times 10^{-4}) \times (7 \times 10^{-2}) = \ldots\ldots\ldots$

$(0{,}1 \times 10^{-3}) \times (9 \times 10^5) = \ldots\ldots\ldots$

$0{,}328 + (15 \times 10^{-2}) = \ldots\ldots\ldots$

$(0{,}25 \times 10^3) + (0{,}25 \times 10^{-3}) = \ldots\ldots\ldots$

COUP DE POUCE
Il y a plusieurs façons de procéder.

CORRIGÉS P. 10

Connaître les nombres premiers

Que retenir des nombres premiers ?

Définitions

Un nombre entier naturel est **premier** s'il n'a que deux diviseurs : 1 et lui-même.
Un nombre $n \geqslant 2$ et non premier est **composé**.
Exemples :
- 13 est premier car il n'a que deux diviseurs : 1 et 13.
- 9 est composé car il a trois diviseurs : 1, 3 et 9.
- 0 et 1 ne sont ni premiers ni composés.

Propriété

Tout entier composé peut s'écrire comme produit de facteurs premiers.
Exemples : $26 = 2 \times 13$ $45 = 3 \times 3 \times 5 = 3^2 \times 5$ $16 = 2 \times 2 \times 2 \times 2 = 2^4$

Exemple de décomposition en facteurs premiers

Les quotients successifs	Les diviseurs premiers successifs
84	2
42	2
21	3
7	7
1	

Résultat : $84 = 2^2 \times 3 \times 7$

1 Le crible d'Ératosthène

Pour trouver les nombres premiers inférieurs à 100, on part du tableau suivant.

1	2	3	4	5	6	7	8	9	10
11	12	13	14	15	16	17	18	19	20
21	22	23	24	25	26	27	28	29	30
31	32	33	34	35	36	37	38	39	40
41	42	43	44	45	46	47	48	49	50
51	52	53	54	55	56	57	58	59	60
61	62	63	64	65	66	67	68	69	70
71	72	73	74	75	76	77	78	79	80
81	82	83	84	85	86	87	88	89	90
91	92	93	94	95	96	97	98	99	100

a. Dans ce tableau, raye 1 qui n'est pas premier.

b. Souligne 2 et raye tous les autres nombres pairs.

c. Souligne 3 et raye tous les autres multiples de 3 (s'ils ne sont pas déjà rayés).

d. Fais le même travail avec 5, puis avec 7.

e. Souligne 11 et vérifie que les autres multiples de 11 sont déjà rayés.

Il se trouve alors que les multiples de 13, 17, etc. sont déjà rayés. Si bien que, dans le tableau, tout ce qui n'est pas rayé est premier.

INFO

Le savant grec Ératosthène de Cyrène (vers 276-194 av. J.-C.) est célèbre pour sa méthode de recherche des (petits) nombres premiers.

COUP DE POUCE

Désormais, tu peux consulter ce tableau pour savoir si un nombre de 2 chiffres est premier ou non.

2 Premier ou composé ?

Entoure les nombres premiers et justifie que les autres sont composés.

41	51	37	33	19	57	123	71
47	49	104	111	2	17	87	73

3 Nombres premiers et petits jetons carrés

Un enfant joue à construire des rectangles avec des jetons carrés tous identiques.

Avec 12 jetons, il peut faire :

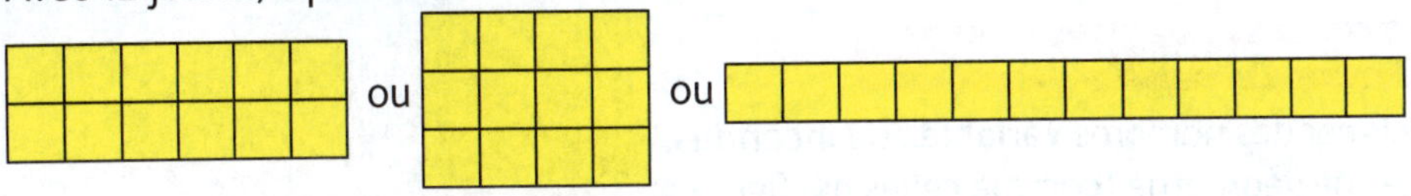

Avec 7 jetons, il ne peut faire que :

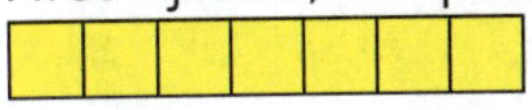

Il comprend que certains nombres (de jetons) permettent de construire plusieurs rectangles (avec plusieurs rangées) et que d'autres ne le permettent pas.

Comment qualifie-t-on ces deux sortes de nombres ?

....

4 Petit quiz sur les nombres premiers

a. Combien y a-t-il de nombres premiers inférieurs à 100 ? ....

b. Le produit 7×13 est-il premier ? ....

c. Cite deux nombres premiers consécutifs. ....

d. La somme de deux nombres premiers ($\geqslant 3$) peut-elle être un nombre premier ? ....

e. Donne deux nombres premiers dont la somme est un nombre premier. ....

f. Il n'existe aucun nombre premier se terminant par les chiffres .... ou ....

ou .... ou ....

g. Tous les nombres premiers, sauf 2 et 5, se terminent par le chiffre ....

ou .... ou .... ou ....

5 Décomposer pour simplifier (1)

a. Décompose les nombres 49 et 175 en produits de facteurs premiers.

49	....
....	....
....	

49 = ...

175	....
....	....
....	....
....	

175 = ...

INFO

Cette disposition verticale est très classique et très commode.

b. Utilise ces décompositions pour simplifier la fraction $\frac{49}{175}$. ....

6 Décomposer pour simplifier (2)

Même travail avec la fraction $\frac{140}{360}$.

....

....

....

7 Décomposer pour simplifier (3)

Même travail avec la fraction $\frac{363}{231}$.

....

....

....

COUP DE POUCE

Fais les calculs au brouillon.

CORRIGÉS P. 10

Calculer avec des lettres

Comment utiliser des lettres dans une formule ?

On emploie des lettres pour désigner des nombres **variables** ou **inconnus.** Ceci permet d'écrire des formules de géométrie (comme celles qui figurent dans le mémo situé au début de ce cahier).

Exemple : L'aire d'un parallélogramme de base b et de hauteur h est $b \times h$.

Pour calculer l'aire d'un parallélogramme ayant une base de 8 cm et une hauteur de 5 cm, **on remplace les lettres par les nombres en chiffres** et on trouve : $8 \times 5 = 40$ cm².

COUP DE POUCE

Exercices 1 et 2 : consulte le formulaire au début du cahier.

1 Aires et volumes

a. Calcule l'aire (en cm²) d'un parallélogramme de base $b = 28$ cm et de hauteur $h = 25$ cm.

....

b. Calcule l'aire (en cm²) d'un trapèze dont les bases mesurent 18 et 24 cm et dont la hauteur mesure 13 cm.

....

INFO

π n'est ni variable ni inconnu. Mais il est commode de le désigner par une lettre (grecque).

c. Calcule le volume (en cm³) d'un cylindre ayant 5 cm de rayon et 20 cm de hauteur. Utilise la valeur de π donnée par la calculatrice et arrondis à 1 cm³ près. Puis convertis en litres.

....

2 À la recherche d'une inconnue

L'aire d'un trapèze est 80 cm².

Ses bases mesurent 11 cm et 5 cm mais sa hauteur est inconnue (pour l'instant).

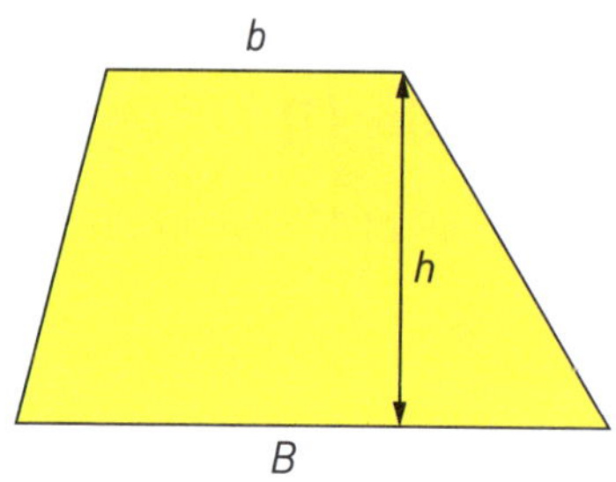

a. Écris la formule que donne l'aire A de ce trapèze en fonction de B, b et h.

....

b. Remplace les lettres connues par leurs valeurs en complétant :

$$\ldots = \frac{(\ldots + \ldots) \times h}{2}$$

c. Remplace h par 5 et constate que 5 n'est pas la valeur de h. Essaie ensuite $h = 12$. Puis fais d'autres essais jusqu'à découvrir la valeur de h.

....

....

INFO

On peut trouver la valeur d'une inconnue en procédant par essais. C'est parfois long mais une autre méthode sera présentée au chapitre 12.

3 Recherche d'inconnues

Trouve la valeur de x en procédant par essais et rectifications, sur le brouillon.

COUP DE POUCE
Les solutions sont des nombres à 1 chiffre.
Pour le **c.**, $x < 0$.
Pour le **d.**, il y a deux solutions, l'une positive et l'autre négative.

a. $4 + 3x = 5x - 4$

....

b. $4x - 28 = 5x - 35$

....

c. $8x + 2 = 5x - 4$

....

d. $5x \times (x + 2) = 15$

....

4 Égalités toujours vraies (ou « identités »)

Il y a des égalités comme $a = a$ ou $a + b = b + a$ qui sont vraies pour n'importe quelle valeur des lettres. On les appelle des « identités ».

Parmi les égalités suivantes, entoure celles qui sont des identités.

a. $a + a = 2a$

b. $5(x - 2) = 5x - 2$

c. $5(x + 4) = 5x + 20$

d. $5a + 4a = 9a^2$

e. $a \times a = 2a$

f. $a \times a = a^2$

g. $x^2 + x^3 = x^5$

h. $x^2 \times x^3 = x^6$

5 Ta pointure et ton âge

COUP DE POUCE
On peut utiliser la calculatrice

Un mathémagicien demande à une personne :

① Note ta pointure de chaussures.
② Multiplie par 5.
③ Ajoute 100.
④ Multiplie le total par 20.
⑤ Ajoute 23 si on est en 2023, 24 si on est en 2024, etc.
⑥ Soustrais ton année de naissance.
⑦ Maintenant, dis-moi le nombre que tu as obtenu.
⑧ Alors ta pointure est .... (le nombre formé par les 2 premiers chiffres).

Et ton âge est .... (le nombre formé par les 2 derniers chiffres).

a. Teste ce tour de magie.

b. Pour comprendre comment ça marche, appelle p la pointure et donne les expressions obtenues aux étapes ②, ③, ④, ⑤ et ⑥.

....

....

....

CORRIGÉS P. 11

Développer et factoriser

Qu'est-ce que développer et réduire ?

Développement et réduction

Exemple : On développe : $5\,(2x-3) \quad = 5\times 2x - 5\times 3$

On réduit : $\qquad = 10x - 15$

Quelques exemples de réductions

$a\times a = a^2 \qquad a + a = 2a \qquad 2x + 3x = 5x \qquad \frac{1}{3}\times x = \frac{x}{3}$

1 Réduire des expressions

a. Complète.

$2a + 4b + 6a - 5b = (2a + 6a) + (4b - 5b) = (\ldots\ldots + \ldots\ldots)a + (\ldots\ldots - \ldots\ldots)b = 8a - b$

b. Sur ce modèle, réduis les expressions suivantes.

$A = 3a + 5a + 6b + 7b =$ ……………………………………

$B = 4a - 3a + 8b - 2b =$ ……………………………………

$C = 13a - 15a + 15b - 20b =$ ……………………………………

$D = 9a - 10b - 7a + 9b - 2a =$ ……………………………………

COUP DE POUCE
Tu peux changer l'ordre des termes.

2 Développer des expressions (1)

$A = 5(4x-9) =$ …………………… $\qquad D = 4(x^2+5x) =$ ……………………

$B = (8-x)\times 5 =$ …………………… $\qquad E = 7(5+x) =$ ……………………

$C = (2x+4)\times x =$ …………………… $\qquad F = 4(1-x^2) =$ ……………………

ATTENTION !
Ne confonds pas $2x$ et x^2.
$2x = 2\times x$, c'est le double de x.
$x^2 = x\times x$, c'est le carré de x.

3 Développer des expressions (2)

$A = 8(1+x+x^2) =$ …………………… $\qquad C = x(x^3-x-1) =$ ……………………

$B = 0{,}5(2x-4y) =$ …………………… $\qquad D = 4(x+0{,}75y) =$ ……………………

Comment supprimer des parenthèses précédées du signe moins ?

Règle

Supprimer des parenthèses précédées du signe moins oblige à changer les signes de tous les termes entre ces parenthèses.

Exemples :

	Calcul direct	Calcul en appliquant la règle
$10-(6+3)$	$10-9=1$	$10-6-3=1$
$15-(9-7)$	$15-2=13$	$15-9+7=13$
$11-(-3+4)$	$11-1=10$	$11+3-4=10$

Application : réduction d'expressions contenant des lettres.

Exemple : $(8x-7)-(7x+3) = 8x-7-7x-3 = x-10$

ATTENTION !

$-(a-b) = -a+b$
$-(a+b) = -a-b$

4 Des chiffres et des lettres

Supprime les parenthèses puis effectue les calculs.

$A = 13 - (a - b) + (9 - b) =$ ....

$B = (7 - a) + (10 + b) - (13 + a) =$ ....

$C = -(b - 3a) + (b - a) - (6 - b) =$ ....

5 Développer et réduire des expressions

$A = 3(a + 4) - (b - 5) =$ ....

$B = -4(4 - a) - (4 - b) =$ ....

$C = 8(3 - a) - 2(5 - 2a) =$ ....

Comment factoriser une expression ?

- **Factoriser** une somme ou une différence, c'est la mettre sous la forme d'un produit (de facteurs).
  On y parvient aisément lorsque tous les termes possèdent un **facteur commun.**
  Exemples : $2a + 3a = (2 + 3)a = 5a$ (le facteur commun est a) ;
  $2a - 2b = 2(a - b)$; $x^2 + 5x = x(x + 5)$; $a^2 + a = a(a + 1)$.

6 Factoriser des expressions

$A = 4a + 4b =$ .... $B = 8a - 4b =$ .... $C = 22x + 33y =$ ....

$D = x^2 - 7x =$ .... $E = 2y + y^2 =$ .... $F = 6x + 9y + 12z =$ ....

7 Factoriser encore

$A = x^2 + x =$ .... $B = y - y^2 =$ .... $C = 3x - 3 =$ ....

$D = 4x + 6y =$ .... $E = 6x - 2 =$ .... $F = 6a + 9a^2 =$ ....

INFO

La question **c.** est une démonstration (guidée) d'une propriété générale.

8 Somme de trois nombres entiers consécutifs

a. Choisis et additionne trois nombres entiers consécutifs, c'est-à-dire qui se suivent.
Leur somme est-elle multiple de 3 ? ....

b. Recommence avec trois autres nombres entiers consécutifs.

....

c. Pour savoir si ce résultat est toujours vrai, on considère un entier quelconque a.

Les deux entiers qui le suivent sont : $a + 1$ et $a +$ ......

La somme de ces trois entiers est : $S = a +$ (.........) + (.........)

Réduis cette somme : $S =$ ....

Le facteur commun aux deux termes est : ....

L'expression factorisée de S est : $S =$ ....

Et ceci prouve que S est toujours un multiple de 3.

CORRIGÉS P. 12

Résoudre des équations

Comment résoudre des équations simples ?

Règles de résolution

Soit a, b et c trois nombres quelconques.

- **Règle 1** : Si $a = b$ alors $a + c = b + c$ et $a - c = b - c$

Conséquence : Pour résoudre une équation, on peut ajouter ou soustraire un même nombre aux deux membres de l'équation.

- **Règle 2** : Soit $c \neq 0$. Si $a = b$ alors $ac = bc$ et $\frac{a}{c} = \frac{b}{c}$

Conséquence : Pour résoudre une équation, on peut multiplier ou diviser les deux membres par un même nombre non nul.

Exemple de résolution d'équation

On veut résoudre $5x - 5 = 9 + 3x$.

Il s'agit de trouver la (ou les) valeur(s) de x qui vérifie(nt) l'égalité.

On va regrouper tous les termes en x dans un membre et tous les autres termes dans l'autre membre.

$5x - 3x - 5 = 9 + 3x - 3x$ — On soustrait $3x$ à chaque membre.

$2x - 5 = 9$ — On réduit.

$2x - 5 + 5 = 9 + 5$ — On ajoute 5 à chaque membre.

$2x = 14$ — On réduit.

$x = 7$ — On divise chaque membre par 2.

Vérification : $5 \times 7 - 5 = 35 - 5 = 30$

$9 + 3 \times 7 = 9 + 21 = 30$ — Dans chaque membre, on remplace x par la valeur trouvée.

Donc la solution de l'équation est 7.

1 Être ou ne pas être… solution d'une équation

a. On veut savoir si le nombre 2 est solution de l'équation $7x + 5 = 10 + 2x$.

Si $x = 2$, alors $7x + 5 =$ .... et $10 + 2x =$ ....

Donc 2 .... solution de l'équation $7x + 5 = 10 + 2x$.

b. Par la même méthode, teste si 1 est solution de $7x + 5 = 10 + 2x$.

....

....

c. Est-ce que -4 est solution de $3x + 33 = 3(3 - x)$?

....

....

INFO

On n'a pas besoin de résoudre une équation pour savoir si un nombre donné en est solution.

2 Résoudre une équation (1)

$(x-2)+2(x-1)=2x-3$

Vérification

COUP DE POUCE

Exercices 2 et 3 : tu peux commencer par réduire le membre de gauche.

3 Résoudre une équation (2)

$4(3x-2)-10x=3x-1$

Vérification

4 Résoudre une équation (3)

$\frac{2x+5}{4}=3x$

Vérification

COUP DE POUCE

Multiplie d'abord les deux membres par 4, ceci supprimera le dénominateur.

5 Résoudre une équation (4)

$4+\frac{x}{6}=7+\frac{x}{3}$

Vérification

COUP DE POUCE

Tu peux réduire tous les termes au même dénominateur.

6 Trouver l'inconnu

On multiplie un nombre par 3. On ajoute 7 au résultat obtenu et on trouve 58.

Quel est ce nombre ?

Soit x ce nombre. $x\times3+7=$

7 Date historique

La somme d'un nombre entier et de son précédent est 1 789. Quel est ce nombre ?

CORRIGÉS P. 13

Résoudre un problème avec une équation

Comment résoudre un problème avec une équation ?

Énoncé : Le périmètre d'un rectangle est 180 m.

La largeur est égale aux $\frac{7}{11}$ de la longueur. Trouver la longueur, puis la largeur.

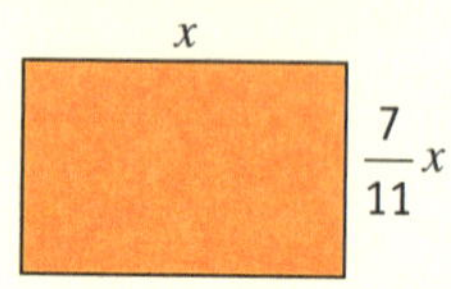

- **Choix de l'inconnue**

Soit x la longueur (en mètres). La largeur vaut alors $\frac{7}{11}x$.

- **Mise en équation**

Le périmètre du rectangle est égal à : $2 \times$ (longueur + largeur).

D'où l'équation : $2 \times \left(x + \frac{7}{11}x\right) = 180$

- **Résolution de l'équation**

$$2\left(\frac{11}{11}x + \frac{7}{11}x\right) = \frac{180 \times 11}{11}$$

11 est le dénominateur commun.

$$2 \times \frac{18}{11}x = \frac{180 \times 11}{11}$$

$$2 \times 18x = 180 \times 11$$

On a multiplié les deux membres par 11.

$$x = \frac{180 \times 11}{18 \times 2} = 55$$

- **Vérification**

Remplaçons x par 55 dans le premier membre de l'équation :

$$2 \times \left(55 + \frac{7}{11} \times 55\right) = 2 \times (55 + 35) = 2 \times 90 = 180$$

- **Réponse au problème**

Le rectangle mesure 55 m de longueur. Sa largeur vaut $\frac{7}{11} \times 55 = 35$ (en m).

COUP DE POUCE

Note x la masse inconnue puis à l'aide d'une équation, écris que les masses posées sur chaque plateau sont égales.

1 Trois oranges sur une balance

Calcule la masse d'une orange. (On suppose que les 3 oranges ont toutes la même masse.)

....

....

....

2 Sept pamplemousses sur une balance

Calcule la masse d'un pamplemousse. (On suppose que les 7 pamplemousses ont tous la même masse.)

....

....

....

3 Alors ça gaze ?

Un réchaud à gaz et sa recharge coûtent ensemble 55 €.
Le réchaud coûte 29 € de plus que la recharge.
Trouve le prix de la recharge et le prix du réchaud.

....

....

....

....

COUP DE POUCE

Note x le prix de la recharge.
Tu en déduiras le prix du réchaud en fonction de x.
Écris alors l'équation.

4 Le mystère des pyramides

Avec le temps, certains blocs ont été effacés. Retrouve les nombres qui manquent sachant qu'un bloc est toujours la somme des deux blocs qui le supportent.

a. Un cas leçon.

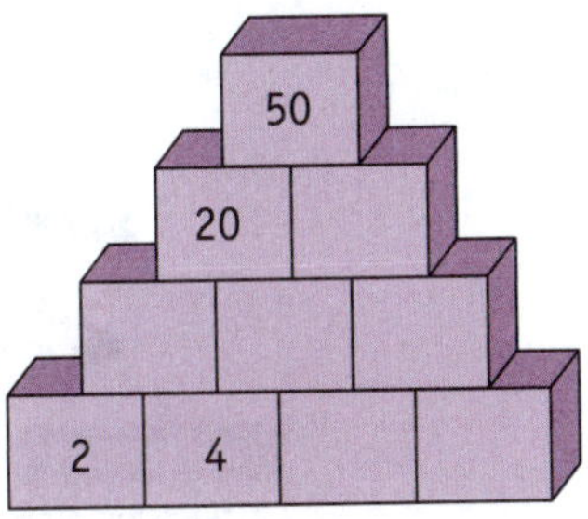

....

....

....

....

....

b. Un cas chaud.

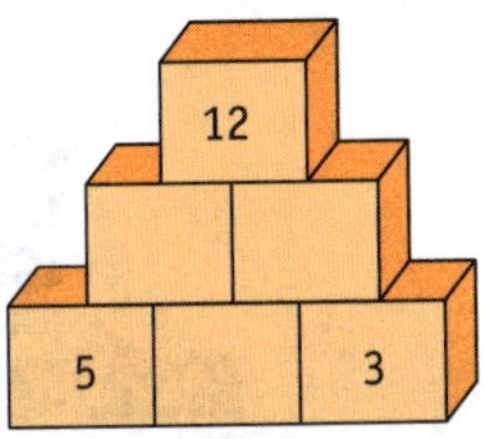

....

....

....

....

....

COUP DE POUCE

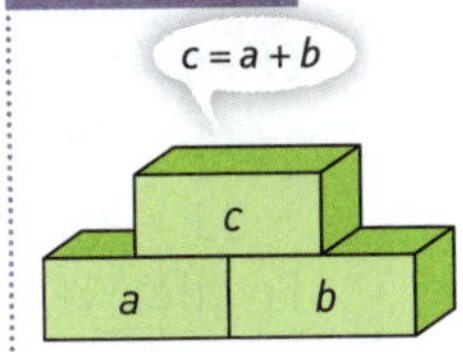

a. Effectue des additions et des soustractions.
b. Appelle x l'inconnue de la rangée du bas, et résous une équation.

5 Aires de rectangles

On considère les deux rectangles ① et ②.
Pour quelles valeurs de x, l'aire du rectangle ① est-elle égale à celle du rectangle ② ?

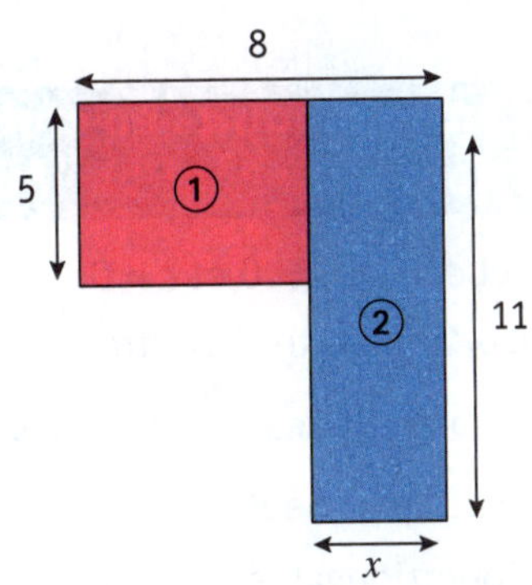

....

....

....

....

....

....

....

COUP DE POUCE

Exprime d'abord les dimensions et les aires des deux rectangles.

CORRIGÉS P. 14

14 GESTION DE DONNÉES
Calculer une quatrième proportionnelle

Quel lien y a-t-il entre quotients égaux et produits en croix égaux ?

- a, b, c et d sont des nombres relatifs, $b \neq 0$ et $d \neq 0$.

Si $\frac{a}{b} = \frac{c}{d}$ alors $a \times d = b \times c$.

Et, **réciproquement**, si $a \times d = b \times c$ alors $\frac{a}{b} = \frac{c}{d}$.

$\frac{a}{b} \times \frac{c}{d}$ On dit que les produits en croix sont égaux.

Si deux quotients sont égaux alors les produits en croix sont égaux, et réciproquement.

Exemples :

- $\frac{14}{35} = \frac{18}{45}$ car $14 \times 45 = 18 \times 35$.
En effet, $14 \times 45 = 630$ et $18 \times 35 = 630$.

- $\frac{17}{5} \neq \frac{32}{10}$ car $17 \times 10 \neq 32 \times 5$.
En effet, $17 \times 10 = 170$ et $32 \times 5 = 160$.

1 Égalité ?

Est-ce que les deux quotients donnés sont égaux ?

a. $\frac{72}{63}$ et $\frac{40}{35}$ ....

b. $\frac{77}{28}$ et $\frac{56}{20}$ ....

COUP DE POUCE
Utilise les produits en croix.

2 Trouver x

Calcule x pour que l'égalité proposée soit vraie.

a. $\frac{x}{54} = \frac{35}{126}$ ....

b. $\frac{-24}{14} = \frac{x}{-35}$ ....

COUP DE POUCE
Utilise les produits en croix et résous l'équation.

Quel rapport y a-t-il entre produits en croix et tableau de proportionnalité ?

- Soit les nombres a, b, c et d, avec $a \neq 0$ et $c \neq 0$.
Dans le **tableau de proportionnalité** ci-contre,
le coefficient de proportionnalité est $\frac{b}{a}$, mais aussi $\frac{d}{c}$, donc $\frac{b}{a} = \frac{d}{c}$.
D'après la propriété énoncée plus haut, on a $a \times d = b \times c$.

a	c	$\times \frac{b}{a}$
b	d	

Dans un tableau de proportionnalité, les produits en croix sont égaux.

- **Réciproquement**

Si dans un tableau de 4 nombres les produits en croix sont égaux, alors c'est un tableau de proportionnalité.

Chouette

4e

13-14 ANS

Le guide

Maths

Les corrigés des exercices

Tous les corrigés détaillés, avec des explications complémentaires

Des infos parents

Au début des corrigés de chaque chapitre

Hatier

Test

> p. 4

NOMBRES ET CALCULS

1. Réponse c.
2. Réponse c.
3. Réponse c.
4. Réponse b.
5. Réponse a.
6. Réponse c.
7. Réponse b.
8. Réponse a.
9. Réponse c.
10. Réponse b.
11. Réponse a.
12. Réponse c.
13. Réponse c.

GESTION DE DONNÉES

14. Réponse b.
15. Réponse b.
16. Réponse b.
17. Réponse b.

GÉOMÉTRIE ET MESURES

18. Réponse a.
19. Réponse c.
20. Réponse c.
21. Réponse b.
22. Réponse c.
23. Réponse a.
24. Réponse b.
25. Réponse c.
26. Réponse a.

ALGORITHMIQUE ET PROGRAMMATION

27. Réponse b.

1 Multiplier des nombres relatifs

> p. 6

infos parents

L'addition des nombres relatifs a été étudiée en Cinquième.
L'étude des opérations sur ces nombres se poursuit en Quatrième avec la multiplication.

1

×	**1**	**– 1**	**0**	**0,3**	**– 0,3**	**– 0,2**
1	1	– 1	0	0,3	– 0,3	– 0,2
– 1	– 1	1	0	– 0,3	0,3	0,2
0	0	0	0	0	0	0
0,3	0,3	– 0,3	0	0,09	– 0,09	– 0,06
– 0,3	– 0,3	0,3	0	– 0,09	0,09	0,06
– 0,2	– 0,2	0,2	0	– 0,06	0,06	0,04

Remarque : on observe la symétrie du tableau par rapport à la diagonale « ×, 1, 1, 0, … ».

2 **a.** $-2{,}5+[(-1)\times(2{,}3-5{,}2)]$
$=-2{,}5+[(-1)\times(-2{,}9)]=-2{,}5+2{,}9=0{,}4$

b. $[(-2)\times(-5{,}3)]-[(-5{,}3+2)\times(-2)]$
$=10{,}6-[(-3{,}3)\times(-2)]=10{,}6-6{,}6=4$

c. $[6{,}1\times(-3)\times(-2)]-[(-6{,}1)\times(-3)\times 2]$
$=[(-18{,}3)\times(-2)]-18{,}3\times 2=36{,}6-36{,}6=0$

Conseil
Ne pas chercher à aller trop vite.

3 **a.** $7{,}9\times(-8)\times(\boxed{-}\,2{,}2)\times(-40)=-5\,561{,}6$

b. $741\times(-5)\times(\boxed{+}\,0{,}01)\times(-1{,}2)=44{,}46$

c. $(-3{,}21)\times(-3)\times(\boxed{-}$ ou $\boxed{+}\;0)\times(-3)=0$

Explication
Le produit d'un nombre impair de nombres négatifs est négatif.
Il est inutile d'effectuer les calculs pour répondre.

4

– 2	×	3	=	– 6
×		×		×
– 1	×	– 4	=	4
=		=		=
2	×	– 12	=	– 24

Explication
Commencer par la 1re ligne ; on trouve 3.
Puis la 1re colonne donne (– 1).
La dernière colonne permet de trouver 4.
Et on achève aisément.

5

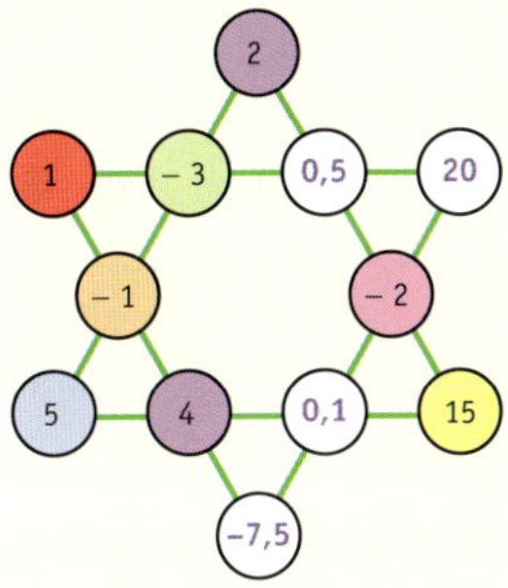

Explication

Le produit de chaque alignement vaut
$2 \times (-3) \times (-1) \times 5 = 30$.
On trouve, ensuite, – 7,5 ; 0,1 ; 20 et – 0,5 par exemple.

6

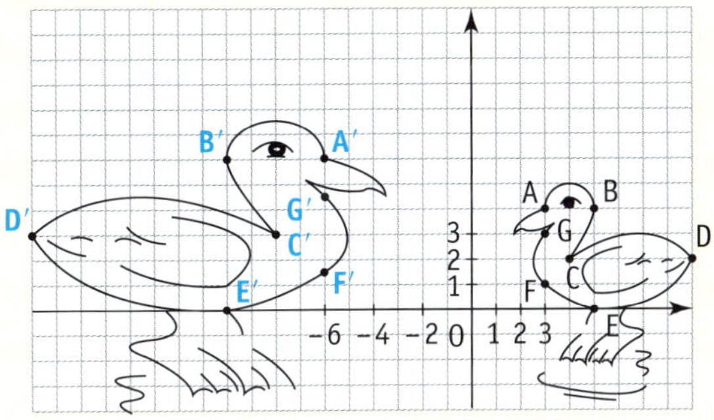

A(3 ; 4) → A′(– 6 ; 6)
B(5 ; 4) → B′(– 10 ; 6)
C(4 ; 2) → C′(– 8 ; 3)
D(9 ; 2) → D′(– 18 ; 3)
E(5 ; 0) → E′(– 10 ; 0)
F(3 ; 1) → F′(– 6 ; 1,5)
G(3 ; 3) → G′(– 6 ; 4,5)

7 **a.** Le produit commun est $2,5 \times (-5) \times 10 = -125$.

2,5	4	– 12,5
25	– 5	1
– 2	6,25	10

b. Le produit commun est
$(-0,5) \times (-14) \times 22,5 \times 3 = 472,5$.

– 0,5	– 5	– 10,5	– 18
– 13,5	– 14	1	2,5
4	– 1,5	22,5	– 3,5
17,5	– 4,5	– 2	3

8 **a.** Que fait ce programme ? Il choisit aléatoirement deux nombres *a* et *b* compris entre – 11 et 11.
Il en calcule le produit *p* (*p* est une variable cachée pour que les réponses attendues ne s'affichent pas à l'écran). Puis il compose le texte de la question « $a \times b =$ » (cela se fait en trois instructions pour éviter une ligne longue et encombrante).
Ensuite, il pose la question et attend la réponse (c'est l'instruction sur fond bleu).
Pour finir, il analyse la réponse et affiche « BRAVO ! » si la réponse est *p* ou bien « Non, c'est ... » dans le cas contraire.
Et tout ce bloc se répète « indéfiniment », c'est-à-dire jusqu'à ce que l'utilisateur décide de s'arrêter.

b. En cas de réponse fausse lorsque que l'on « joue » avec le programme, il faut prendre le temps de comparer la réponse tapée avec la correction. Ceci permet de comprendre l'erreur commise et donc de ne plus la refaire.

2 Diviser des nombres relatifs

> p. 8

infos parents

Après la multiplication des nombres relatifs, passons à la division.

1

÷	**2**	**– 2**	**0,5**	**– 0,5**	**– 1**
– 7	– 3,5	3,5	– 14	14	7
– 1	– 0,5	0,5	– 2	2	1
2	1	– 1	4	– 4	– 2

2 **a.** $8{,}5 \div \left(\boxed{-}\,0{,}2\right) = -\,42{,}5$

b. $\boxed{+}\,2{,}5 \div (-\,8) = -\,0{,}3125$

c. $(-\,9{,}3) \div \left(\boxed{-}\,0{,}01\right) = 930$

d. $\boxed{+}\,3{,}4 \div 5 = 0{,}68$

Explication

Pour les exercices **2** et **3**, on applique la règle des signes donnée au chapitre 2, page 8.

3 **a.** $\left[9{,}3 \div (\boxed{-}\,0{,}3)\right] \div (-\,0{,}1) = 310$

b. $\boxed{-}\,9{,}3 \div \left[0{,}3 \div (-\,0{,}1)\right] = 3{,}1$

c. $\left[\boxed{-}\,9{,}3 \div (-\,0{,}3)\right] \div (-\,0{,}1) = -\,310$

d. $9{,}3 \div \left[\boxed{-}\,0{,}3 \div (-\,0{,}1)\right] = 3{,}1$

Remarque : cet exercice nous montre aussi que $(a \div b) \div c \neq a \div (b \div c)$ et que, pour effectuer une expression numérique, on commence à calculer à l'intérieur des parenthèses ou des crochets.

4 **a.** $9 \div 0{,}4 = 22{,}5$
b. $15 \div (-\,0{,}1) = -\,(15 \div 0{,}1) = -\,150$
c. $(-\,1{,}5) \div (-\,30) = 1{,}5 \div 30 = 0{,}05$
d. $(-\,8) \div 125 = -\,(8 \div 125) = -\,0{,}064$

5 **a.** $(9 \div 10) - (10 \div 0{,}5) = 0{,}9 - 20 = -\,19{,}1$
b. $[(-\,2{,}7) \div (-\,3)] + [(-\,0{,}5 \times (-\,3)] = 0{,}9 + 1{,}5 = 2{,}4$
c. $(-\,3{,}25) \times [2{,}5 \div (-\,0{,}2)] = -\,3{,}25 \times (-\,12{,}5) = 40{,}625$
d. $[-\,2{,}7 \div (-\,3)] \times [(-\,0{,}9) \div (-\,3)] = 0{,}9 \times 0{,}3 = 0{,}27$

6 **a.** $1 \div 7 \approx 0{,}14$
b. $11 \div 9 \approx 1{,}22$
c. $221 \div 25 = 8{,}84$
d. $(-\,2) \div 3 \approx -\,0{,}67$
e. $8 \div (-\,13) \approx -\,0{,}62$
f. $(-\,3) \div (-\,19) \approx 0{,}16$
g. $(-\,2{,}1) \div 0{,}31 \approx -\,6{,}77$
h. $3{,}2 \div (-\,3) \approx -\,1{,}07$

Remarque : pour le **c.** on a une égalité.

7 **a.** $\boxed{-\,2{,}8} \div 5 = -\,0{,}56$

b. $\boxed{1{,}68} \div (-\,3) = -\,0{,}56$

c. $-\,3{,}4 \div \boxed{-\,0{,}1} = 34$

d. $-\,8{,}1 \div \boxed{0{,}5} = -\,16{,}2$

Explication

Par exemple, pour **a.** :
$\boxed{} \div 5 = -\,0{,}56$ donc $\boxed{} = -\,0{,}56 \times 5 = -\,2{,}8$

8 **a.** $(-\,2) \times x + 3{,}2 = 1{,}1$
$(-\,2) \times x = 1{,}1 - 3{,}2$ donc $-\,2x = -\,2{,}1$
soit $x = -\,2{,}1 \div (-\,2)$.
Donc $x = 1{,}05$.
b. $7 \times x + 8{,}7 = -\,13$
$7 \times x = -\,13 - 8{,}7$ donc $7x = -\,21{,}7$
soit $x = (-\,21{,}7) \div 7$.
Donc $x = -\,3{,}1$.

Explication

si $\boxed{} \times a = b$ alors $\boxed{} = b \div a$
si $\boxed{} + a = b$ alors $\boxed{} = b - a$
si $\boxed{} - a = b$ alors $\boxed{} = b + a$
Le chapitre 12 permettra de systématiser ces raisonnements.

9 Le texte se traduit par :
$[(-\,2) \times x + (-\,3)] \div (-\,2) = -\,3{,}5$.
On a $(-\,2) \times x + (-\,3) = (-\,3{,}5) \times (-\,2)$
soit $-\,2x - 3 = 7$.
D'où $-\,2x = 7 + 3$ soit $-\,2x = 10$ soit $x = 10 \div (-\,2)$.
Donc $x = -\,5$.

10 **a.** Ce programme ressemble à celui de l'exercice 8 du chapitre 1. Afin que les divisions tombent juste, le programme choisit aléatoirement a et b, en calcule le produit p, et demande le quotient $\frac{p}{b}$ (qui bien sûr est égal à a, et c'est pour cela que la variable a est cachée).
b. Ici comme ailleurs, il faut faire l'effort de comprendre la cause des erreurs commises. C'est ainsi qu'on surmonte les difficultés.

3 Reconnaître et utiliser des fractions égales

> p. 10

infos parents

L'étude des fractions a commencé dans les classes précédentes. Elle se poursuit en Quatrième.
Dans cette séquence, on s'intéresse à l'égalité et à la comparaison des fractions.
On verra au chapitre 14 une autre propriété des fractions égales : l'égalité des produits en croix.

1 **a.** $\frac{4}{8} = \frac{1}{2}$

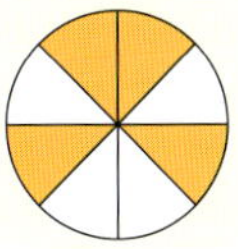

b. $\frac{6}{9} = \frac{2}{3}$

c. $\frac{6}{10} = \frac{3}{5}$

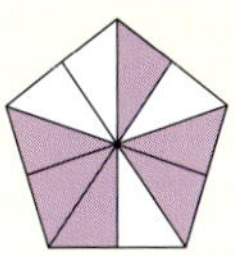

d. $\frac{10}{16} = \frac{5}{8}$

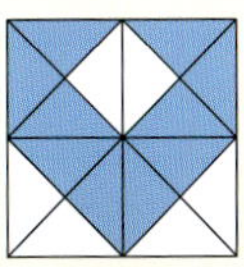

e. $\frac{9}{12} = \frac{3}{4}$

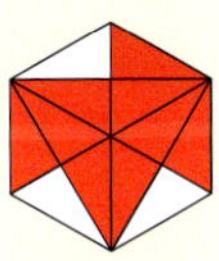

f. $\frac{14}{24} = \frac{7}{12}$

2 **a.** $\frac{14}{21} = \frac{2}{3}$

b. $\frac{15}{18} = \frac{5}{6}$

c. $\frac{900}{500} = \frac{9}{5}$

d. $\frac{-72}{63} = -\frac{8}{7}$

e. $\frac{42}{36} = \frac{7}{6}$

f. $\frac{-45}{15} = -3$

Explication

Par exemple, pour **a.** :

$\frac{14}{21} = \frac{2 \times 7}{3 \times 7} = \frac{2}{3}$.

3 $\frac{1}{2} = \frac{30}{60}$

$\frac{2}{3} = \frac{40}{60}$

$\frac{1}{4} = \frac{15}{60}$

$\frac{3}{4} = \frac{45}{60}$

$\frac{3}{5} = \frac{36}{60}$

$\frac{5}{6} = \frac{50}{60}$

$\frac{1}{10} = \frac{6}{60}$

$\frac{3}{10} = \frac{18}{60}$

$\frac{5}{12} = \frac{25}{60}$

$\frac{7}{15} = \frac{28}{60}$

$\frac{9}{20} = \frac{27}{60}$

$\frac{7}{30} = \frac{14}{60}$

Explication

On cherche le nombre par lequel on multiplie le dénominateur pour obtenir 60. Par exemple :

$\frac{1}{2} = \frac{1 \times 30}{2 \times 30} = \frac{30}{60}$

4 **a.** $\frac{12}{21} = \frac{4 \times 3}{7 \times 3} = \frac{4}{7}$

b. $\frac{24}{42} = \frac{4 \times 6}{7 \times 6} = \frac{4}{7}$ $\frac{36}{63} = \frac{4 \times 9}{7 \times 9} = \frac{4}{7}$

$\frac{48}{84} = \frac{4 \times 12}{7 \times 12} = \frac{4}{7}$

Remarque : il ne s'agit pas d'une propriété générale mais d'une curiosité rare.

5 **a.** $\pi = 3{,}1415926...$ et $\frac{22}{7} = 3{,}1428...$

Donc $\frac{22}{7} \neq \pi$ car ils n'ont pas les mêmes décimales.

b. $\frac{355}{113} = 3{,}1415929...$ Donc $\frac{355}{113} \neq \pi$ car ils n'ont pas les mêmes décimales.

Explication

$\frac{22}{7}$ et $\frac{355}{113}$ sont des valeurs approchées de π.

En fait, les mathématiciens ont démontré que π ne peut pas s'écrire comme le quotient de deux nombres entiers.

6 $\frac{7}{9} = \frac{63}{81}$

$\frac{25}{35} = \frac{5}{7}$

$\frac{46}{23} = \frac{92}{46}$

$\frac{1}{1\,000} = \frac{0{,}1}{100}$

$\frac{8}{36} = \frac{2}{9}$

$\frac{36}{10} = \frac{3\,600}{1\,000}$

$\frac{7}{8} = \frac{49}{56}$

$\frac{2}{-3} = \frac{-4}{6}$

7 **a.** Comme $27 = 9 \times 3$, $\frac{4}{9} = \frac{4 \times 3}{9 \times 3} = \frac{12}{27}$

et $\frac{12}{27} < \frac{16}{27}$, donc $\frac{4}{9} < \frac{16}{27}$.

b. $\frac{5}{4} = \frac{5 \times 2}{4 \times 2} = \frac{10}{8}$ et $\frac{10}{8} > \frac{3}{8}$, donc $\frac{3}{8} < \frac{5}{4}$.

c. $\frac{7}{8} = \frac{7 \times 9}{8 \times 9} = \frac{63}{72}$ et $\frac{4}{9} = \frac{4 \times 8}{9 \times 8} = \frac{32}{72}$, donc $\frac{4}{9} < \frac{7}{8}$.

d. $\frac{2}{3} = \frac{2 \times 5}{3 \times 5} = \frac{10}{15}$ et $\frac{4}{5} = \frac{4 \times 3}{5 \times 3} = \frac{12}{15}$, donc $\frac{2}{3} < \frac{4}{5}$.

Explication

Pour **a.** et **b.**, l'un des dénominateurs est multiple de l'autre.

Pour **b.** on peut aussi observer que $\frac{5}{4} > 1$ et $\frac{3}{8} < 1$.

Pour **c.** un multiple commun à 8 et à 9 sera notre dénominateur commun.

4 Additionner et soustraire des fractions

> p. 12

infos parents

Après avoir étudié l'égalité des fractions, nous abordons l'addition et la soustraction de celles-ci. Il est très important de dominer ce genre de calculs, que l'on rencontrera très souvent par la suite.

1 **a.** $\frac{1}{3} + \frac{5}{3} = \frac{6}{3} = 2$

b. $\frac{25}{36} - \frac{7}{36} = \frac{25 - 7}{36} = \frac{18}{36} = \frac{1}{2}$

c. $\frac{17}{100} - \frac{7}{100} = \frac{17 - 7}{100} = \frac{10}{100} = \frac{1}{10}$

d. $-\frac{3}{7} + \frac{20}{7} = \frac{-3 + 20}{7} = \frac{17}{7}$

Explication

Pour **a.**, la simplification est immédiate car $6 \div 3 = 2$.

2 **a.** $\frac{3}{5} + \frac{1}{10} = \frac{6}{10} + \frac{1}{10} = \frac{7}{10}$

b. $\frac{3}{7} - \frac{2}{21} = \frac{9}{21} - \frac{2}{21} = \frac{7}{21} = \frac{1}{3}$

c. $\frac{1}{10} + \frac{1}{2} + \frac{3}{5} = \frac{1}{10} + \frac{5}{10} + \frac{6}{10} = \frac{12}{10} = \frac{6}{5}$

d. $\frac{1}{22} - \frac{1}{11} = \frac{1}{22} - \frac{2}{22} = \frac{-1}{22}$

Explication

Pour **a.**, **b.** et **d.**, il suffit de modifier la fraction ayant le plus petit dénominateur.

3 **a.** $\frac{1}{2} + \frac{2}{3} = \frac{3}{6} + \frac{4}{6} = \frac{7}{6}$

b. $\frac{1}{2} + \frac{1}{4} + \frac{1}{3} = \frac{6}{12} + \frac{3}{12} + \frac{4}{12} = \frac{13}{12}$

c. $\frac{3}{10} - \frac{4}{15} = \frac{9}{30} - \frac{8}{30} = \frac{1}{30}$

d. $\frac{6}{7} - \frac{4}{5} - \frac{2}{35} = \frac{30}{35} - \frac{28}{35} - \frac{2}{35} = 0$

Explication

- Pour **a.**, le plus petit multiple commun à 2 et 3 est 6.
- Pour **b.** le plus petit multiple commun à 2, 3 et 4 est 12.

4 **a.**

+	$\frac{5}{6}$	$\frac{1}{3}$	$\frac{3}{2}$	$\frac{3}{4}$
$\frac{1}{6}$	1	$\frac{1}{2}$	$\frac{5}{3}$	$\frac{11}{12}$
$\frac{2}{3}$	$\frac{3}{2}$	1	$\frac{13}{6}$	$\frac{17}{12}$
$\frac{1}{2}$	$\frac{4}{3}$	$\frac{5}{6}$	2	$\frac{5}{4}$

b.

−	$\frac{1}{3}$	$\frac{3}{4}$	$\frac{3}{2}$	$\frac{2}{5}$
$\frac{2}{3}$	$\frac{1}{3}$	$-\frac{1}{12}$	$-\frac{5}{6}$	$\frac{4}{15}$
$\frac{1}{4}$	$-\frac{1}{12}$	$-\frac{1}{2}$	$-\frac{5}{4}$	$-\frac{3}{20}$
$\frac{4}{5}$	$\frac{7}{15}$	$\frac{1}{20}$	$-\frac{7}{10}$	$\frac{2}{5}$

Conseil

Il est important de savoir effectuer ce genre de calculs avec exactitude et rapidité.

5 **a.** $\frac{2}{9} = \frac{2 \times 4}{9 \times 4} = \frac{8}{36}$ et $\frac{8}{36} > \frac{5}{36}$, donc Enzo a eu une part plus grosse que Flavio.

b. $\frac{5}{36} + \frac{2}{9} = \frac{5}{36} + \frac{8}{36} = \frac{13}{36}$

c. $1 - \frac{13}{36} = \frac{36}{36} - \frac{13}{36} = \frac{23}{36}$

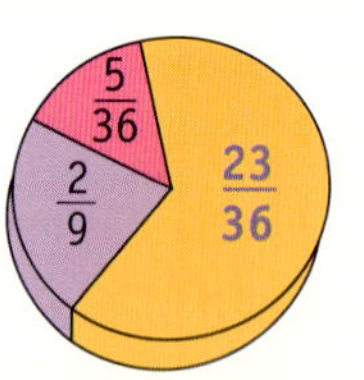

Explication

c. Pour calculer $1-\frac{13}{36}$, il faut mettre 1 sous forme d'une fraction ayant 36 pour dénominateur.

6 **Remarque :** les nombres entiers peuvent toujours s'écrire sous forme fractionnaire.

a. $5+\frac{1}{3}=\frac{15}{3}+\frac{1}{3}=\frac{16}{3}$

b. $11+\frac{2}{5}=\frac{55}{5}+\frac{2}{5}=\frac{57}{5}$

c. $3+\frac{1}{7}=\frac{21}{7}+\frac{1}{7}=\frac{22}{7}$

d. $1+\frac{1}{2}=\frac{2}{2}+\frac{1}{2}=\frac{3}{2}$

e. $6+\frac{1}{25}=\frac{150}{25}+\frac{1}{25}=\frac{151}{25}$

f. $6+\frac{1}{4}=\frac{24}{4}+\frac{1}{4}=\frac{25}{4}$

5 Multiplier et diviser des fractions

> p. 14

infos parents

Il est temps d'aborder la multiplication et la division des fractions. Ces opérations sont aussi importantes que les précédentes car elles permettent de résoudre une large gamme de problèmes.

1 **a.** $\frac{9}{8}\times\frac{16}{27}=\frac{9\times2\times8}{8\times3\times9}=\frac{2}{3}$

b. $\frac{4}{3}\times\frac{12}{28}=\frac{4\times4\times3}{3\times4\times7}=\frac{4}{7}$

c. $\frac{-7}{25}\times\left(-\frac{15}{14}\right)=\frac{7\times3\times5}{5\times5\times2\times7}=\frac{3}{10}$

d. $\frac{5}{8}\times\frac{8}{5}=\frac{5\times8}{8\times5}=\frac{1}{1}=1$

e. $\frac{3}{-4}\times\left(-\frac{16}{5}\right)=\frac{3\times4\times4}{4\times5}=\frac{12}{5}$

f. $\left(-\frac{1}{4}\right)\times\frac{40}{5}=-\frac{5\times4\times2}{4\times5}=-2$

Explication

On effectue les simplifications en supprimant les facteurs communs au numérateur et au dénominateur. Pour **d.** on obtient 1 car le numérateur et le dénominateur sont égaux.

2 **a.** $2\times\frac{1}{3}=\frac{2\times1}{3}=\frac{2}{3}$

b. $5\times\frac{1}{25}=\frac{5\times1}{5\times5}=\frac{1}{5}$

c. $25\times\frac{3}{7}=\frac{25\times3}{7}=\frac{75}{7}$

d. $49\times\frac{5}{7}=\frac{7\times7\times5}{7}=35$

e. $(-3)\times\frac{8}{27}=\frac{-3\times8}{3\times9}=-\frac{8}{9}$

f. $4\times\left(-\frac{9}{2}\right)=\frac{2\times2\times(-9)}{2}=-18$

3 Il y a $54\times\frac{2}{3}=36$ passagers par autobus.

Il descend $36\times\frac{1}{4}=9$ passagers.

Il en reste donc $36-9=27$ dans chaque autobus, soit $2\times27=54$ voyageurs que l'on peut rassembler dans un seul autobus.

4 **a.** $\frac{2}{3}\div\frac{3}{7}=\frac{2}{3}\times\frac{7}{3}=\frac{14}{9}$

b. $\frac{7}{8}\div\frac{5}{6}=\frac{7}{8}\times\frac{6}{5}=\frac{7\times2\times3}{2\times4\times5}=\frac{21}{20}$

c. $-\frac{9}{20}\div\frac{3}{4}=-\frac{9}{20}\times\frac{4}{3}=-\frac{3\times3\times4}{4\times5\times3}=-\frac{3}{5}$

d. $\left(-\frac{2}{3}\right)\div\frac{2}{3}=-\frac{2}{3}\times\frac{3}{2}=-1$

e. $\left(-\frac{7}{4}\right)\div\left(-\frac{4}{7}\right)=\frac{7}{4}\times\frac{7}{4}=\frac{49}{16}$

f. $5\div\frac{3}{4}=5\times\frac{4}{3}=\frac{5\times4}{3}=\frac{20}{3}$

Explication

On n'oublie pas d'appliquer la règle des signes.

5 **a.** $\left(\frac{4}{5}\times\frac{2}{3}\right)\times\frac{1}{8}=\frac{4\times2}{5\times3}\times\frac{1}{8}=\frac{8}{15}\times\frac{1}{8}=\frac{8\times1}{15\times8}=\frac{1}{15}$

b. $\left(\frac{1}{4}+\frac{1}{8}\right)\times\frac{5}{3}=\left(\frac{2}{8}+\frac{1}{8}\right)\times\frac{5}{3}=\frac{3}{8}\times\frac{5}{3}=\frac{3\times5}{8\times3}=\frac{5}{8}$

c. $\left(\frac{3}{7}-\frac{1}{14}\right)\div\frac{1}{2}=\left(\frac{6}{14}-\frac{1}{14}\right)\div\frac{1}{2}=\frac{5}{14}\times\frac{2}{1}=\frac{5\times2}{2\times7}=\frac{5}{7}$

d. $\left(\frac{5}{6}+\frac{1}{6}\right)\times\left(\frac{25}{12}-\frac{1}{12}\right)=\frac{6}{6}\times\frac{24}{12}=1\times2=2$

6 **a.** $\frac{2}{5} \times \frac{2}{3} = \frac{4}{15}$

b. $\frac{3}{7} \times \frac{17}{7} = \frac{51}{49}$

c. $\frac{2}{3} \times \frac{2}{3} = \frac{4}{9}$

d. $\frac{1}{5} \times \frac{3}{5} = \frac{3}{25}$

e. $\frac{5}{11} \times \frac{3}{2} = \frac{15}{22}$

f. $\frac{36}{13} \times \frac{1}{5} = \frac{36}{65}$

7

a.

$\frac{1}{2}$	$\frac{243}{2}$	$\frac{1}{18}$
$\frac{1}{6}$	$\frac{3}{2}$	$\frac{27}{2}$
$\frac{81}{2}$	$\frac{1}{54}$	$\frac{9}{2}$

b.

$\frac{1}{12}$	$\frac{8}{3}$	$\frac{4}{3}$
$\frac{32}{3}$	$\frac{2}{3}$	$\frac{1}{24}$
$\frac{1}{3}$	$\frac{1}{6}$	$\frac{16}{3}$

Explication

Pour **a.**, le produit commun est :

$\frac{1}{2} \times \frac{3}{2} \times \frac{9}{2}$ soit $\frac{27}{8}$.

Pour **b.**, le produit commun est :

$\frac{4}{3} \times \frac{2}{3} \times \frac{1}{3}$ soit $\frac{8}{27}$.

Les résultats annoncés ici sont simplifiés.

6 Connaître les puissances

> p. 16

infos parents

Une nouvelle notation : les puissances.
Ce chapitre permet au lecteur de se familiariser avec cette notation et aussi d'effectuer des calculs à la machine en utilisant les touches $\boxed{x^n}$ ou $\boxed{x^\square}$.

1 $6^2 = 6 \times 6 = 36$

$4^3 = 4 \times 4 \times 4 = 64$

$0^{13} = 0$

$(-1)^5 = -1$

$2^4 = 2 \times 2 \times 2 \times 2 = 16$

$(-3)^2 = (-3) \times (-3) = 9$

$18^1 = 18$

$10^4 = 10 \times 10 \times 10 \times 10 = 10\ 000$

2

n	0	1	2	3	4	5	6	7	8	9	10	11	12
n^2	0	1	4	9	16	25	36	49	64	81	100	121	144

3 **a.** Aire du carré : $17 \times 17 = 17^2$

Volume du cube : $3 \times 3 \times 3 = 3^3$

b. Aire : $17^2 = 289$ m²

Volume : $3^3 = 27$ dm³ $= 27$ litres

4 $7^2 : \boxed{+}$ $7^3 : \boxed{+}$ $7^4 : \boxed{+}$

$(-7)^2 : \boxed{+}$ $(-7)^3 : \boxed{-}$ $(-7)^4 : \boxed{+}$

$1^3 : \boxed{+}$ $(-1)^3 : \boxed{-}$ $-(1^3) : \boxed{-}$

Explication

En application de la règle des signes :

- Un nombre négatif à une puissance paire donne un nombre positif.
- Un nombre négatif à une puissance impaire donne un nombre négatif.

5

n	3	2	2	1	13	16	2	1	3
a	4	− 7	10	16	0	− 1	0,5	− 6	− 10
a^n	64	49	100	16	0	1	0,25	− 6	− 1 000

6 **a.** $7^3 = 343$

b. $12^2 = 144$

c. $(-13)^3 = -2\ 197$

d. $2^9 = 512$

e. $2^{10} = 1\ 024$

f. $0{,}1^4 = 0{,}0001$

g. $0{,}2^3 = 0{,}008$

h. $0{,}8^2 = 0{,}64$

i. $1{,}2^2 = 1{,}44$

7

x	6	2	0,5	11	− 3	7	− 1	5	2
p	4	6	1	3	3	4	13	4	10
x^p	1 296	64	0,5	1 331	− 27	2 401	− 1	625	1 024

8 **a.** $2^3 = 8$ et $3^2 = 9$ donc $\boxed{F}$

b. $2^4 = 16$ et $4^2 = 16$ donc $\boxed{V}$

c. $2^{10} = 1\ 024$ et $10^3 = 1\ 000$ donc $\boxed{F}$

d. $(-1)^4 = 1$ donc $\boxed{F}$

e. $0{,}1^2 = 0{,}01$ donc $\boxed{V}$

f. $3^2 + 4^2 = 9 + 16 = 25$ et $5^2 = 25$ donc $\boxed{V}$

9 **a.** $6^3 + 8^3 = 9^3$ $\boxed{F}$

car $6^3 + 8^3 = 216 + 512 = 728$ et $9^3 = 729$.

b. $1^1 + 6^2 + 7^3 + 6^4 = 1 + 36 + 343 + 1\ 296 = 1\ 676$ donc $\boxed{V}$

c. $4^3 + 0^3 + 7^3 = 64 + 0 + 343 = 407$ donc $\boxed{V}$

d. $19^2 + 96^2 = 361 + 9\ 216 = 9\ 577$

et $(19 + 96)^2 = 115^2 = 13\ 225$ donc $\boxed{F}$

e. $1^3 + 2^3 + 3^3 + 4^3 = 1 + 8 + 27 + 64 = 100$

et $(1 + 2 + 3 + 4)^2 = 10^2 = 100$ donc $\boxed{V}$

f. $2^5 + 4^2 + 1^3 = 32 + 16 + 1 = 49$ et $3^4 = 81$ donc F

g. $5^4 + 6^4 - (1 + 9)^4 = 625 + 1\,296 - 10\,000 = -8\,079$

$1^4 + 9^4 - (5 + 6)^4 = 1 + 6\,561 - 14\,641 = -8\,079$

donc V

7 Savoir calculer avec les puissances

> p. 18

infos parents

Après avoir pris connaissance des puissances, on met en place, sur des exercices simples, des méthodes de calculs bien utiles par la suite.

1 a. $3^2 \times 3^3 = 9 \times 27 = 243$

b. $7 \times 7^2 = 7 \times 49 = 343$

c. $0{,}2^2 \times 0{,}2^2 = 0{,}04 \times 0{,}04 = 0{,}0016$

d. $1{,}3^2 \times 1{,}3 = 1{,}69 \times 1{,}3 = 2{,}197$

e. $4^3 \times 4 = 64 \times 4 = 256$

f. $10 \times 1{,}1^2 = 10 \times 1{,}21 = 12{,}1$

2 a. $\dfrac{8^5}{8^3} = \dfrac{8 \times 8 \times 8 \times 8 \times 8}{8 \times 8 \times 8} = 8 \times 8 = 64$ après simplification par $8 \times 8 \times 8$.

b. $\dfrac{9^2}{9} = \dfrac{9 \times 9}{9} = 9$

c. $\dfrac{2^2}{2^5} = \dfrac{2 \times 2}{2 \times 2 \times 2 \times 2 \times 2} = \dfrac{1}{2 \times 2 \times 2} = \dfrac{1}{8} = 0{,}125$

d. $\dfrac{5}{5^3} = \dfrac{\cancel{5}}{\cancel{5} \times 5 \times 5} = \dfrac{1}{25} = 0{,}04$

e. $\dfrac{3^{11}}{3^{11}} = 1$ car $\dfrac{a}{a} = 1$

f. $6 \times \dfrac{6^2}{6^2} = 6 \times 1 = 6$

3 a. ~~$5^3 \times 5^2 = 5^6$~~

b. $13^3 \times 13^3 = 13^6$

c. ~~$2^4 \times 7^2 = 14^6$~~

d. $2^4 \times 7^4 = 14^4$

e. ~~$7^2 \times 7^2 \times 7^2 = 7^8$~~

f. ~~$3^2 \times 11^3 = 33^5$~~

4 a. $3^4 \times 3^5 = (3 \times 3 \times 3 \times 3) \times (3 \times 3 \times 3 \times 3 \times 3) = 3^9$

b. $4^3 \times 4 = (4 \times 4 \times 4) \times 4 = 4^4$

c. $2^3 \times 3^3 = (2 \times 2 \times 2) \times (3 \times 3 \times 3)$
$= (2 \times 3) \times (2 \times 3) \times (2 \times 3) = 6^3$

d. $3^2 \times 5^2 = (3 \times 3) \times (5 \times 5) = (3 \times 5) \times (3 \times 5) = 15^2$

5 a.

Départ	2 trimestres	4 trimestres	2 ans
10	10×2^2	10×2^4	10×2^8

car 2 ans = 8 trimestres

b. $10 \times 2^8 = 10 \times 256 = 2\,560$ (et donc 10 240 pattes !)

c. En un an, c'est-à-dire en 4 trimestres, le nombre de souris est multiplié par $2^4 = 16$.

6

a. $5^3 \times 2^3 = 10^3$ V

b. $1^3 \times 3^3 = 3^3 \neq 13^3$ F

c. $3^4 \times 2^4 = (3 \times 3 \times 3 \times 3) \times (2 \times 2 \times 2 \times 2)$
$= (3 \times 2) \times (3 \times 2) \times (3 \times 2) \times (3 \times 2)$
$= 6^4$ V

d. $2^4 \times 2^2 = 16 \times 4 = 64$ et d'autre part $4^3 = 64$ V

e. $3^2 \div 1^3 = \dfrac{9}{1} = 9$ V

f. $5^3 \div 5 = \dfrac{5 \times 5 \times \cancel{5}}{\cancel{5}} = 5^2 \neq 5^4$ F

g. $4^2 \div 2^3 = \dfrac{4 \times 4}{2 \times 2 \times 2} = \dfrac{16}{8} = 2$ V

h. $10^2 \div 4 = \dfrac{10 \times 10}{4} = \dfrac{100}{4} = 25 = 5^2$ V

7 a.

2^7	1	2^5
2^2	2^4	2^6
2^3	2^8	2

b.

5^5	1	5^7
5^6	5^4	5^2
5	5^8	5^3

c.

3^3	3^2	3^7
3^8	3^4	1
3	3^6	3^5

Explication

Les produits magiques sont :

- pour a. 2^{12} ;
- pour b. 5^{12} ;
- pour c. 3^{12}.

8

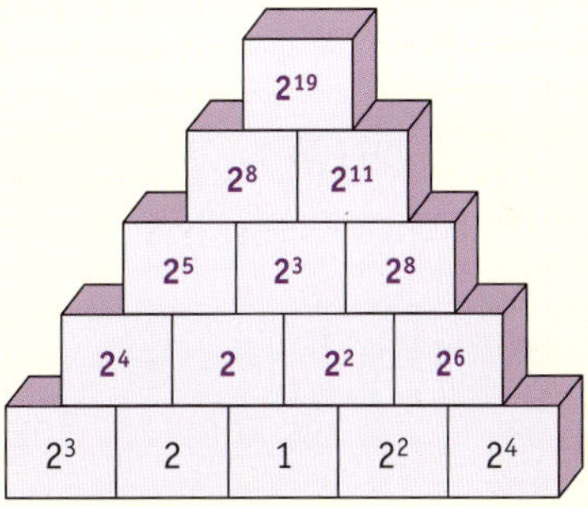

9 **a.** Pour 153 : $1^3 + 5^3 + 3^3 = 1 + 125 + 27 = 153$
Pour 370 : $3^3 + 7^3 + 0^3 = 27 + 343 + 0 = 370$
Pour 371 : $3^3 + 7^3 + 1^3 = 27 + 343 + 1 = 371$
Pour 407 : $4^3 + 0^3 + 7^3 = 64 + 343 = 407$
Pour 516 : $5^3 + 1^3 + 6^3 = 125 + 1 + 216 = 342$
L'intrus est donc 516.
b. Pour 17 : $17^3 = 4\,913$ et $4 + 9 + 1 + 3 = 17$
Pour 18 : $18^3 = 5\,832$ et $5 + 8 + 3 + 2 = 18$
Pour 26 : $26^3 = 17\,576$ et $1 + 7 + 5 + 7 + 6 = 26$
Pour 27 : $27^3 = 19\,683$ et $1 + 9 + 6 + 8 + 3 = 27$
Pour 35 : $35^3 = 42\,875$ et $4 + 2 + 8 + 7 + 5 = 26$
L'intrus est donc 35.

8 Utiliser les puissances de 10

> p. 20

infos parents

L'intérêt des puissances de 10 et de la notation scientifique apparaîtra en Physique-Chimie et en Sciences de la Vie et de la Terre. C'est pourquoi un chapitre particulier s'imposait.

1 $100\,000 = 10^5$ — un million $= 10^6$
un centième $= 10^{-2}$ — $0{,}001 = 10^{-3}$
cent $= 10^2$ — $0{,}000\,001 = 10^{-6}$

2 $10^3 = 1\,000$ — $10^{-4} = 0{,}000\,1$
$5 \times 10^2 = 500$ — $3 \times 10^{-2} = 0{,}03$
$0{,}5 \times 10^{-2} = 0{,}005$ — $200 \times 10^{-1} = 20$

3 $10^2 \times 10^3 = 10^5$ — $10^{-2} \times 10^4 = 10^2$
$10^6 \times 10^{-2} = 10^4$ — $10^{-3} \times 10 = 10^{-2}$
$10^5 \times 10^{-5} = 10^0 = 1$ — $10^{-2} \times 10^7 = 10^5$
$10 \times 10 = 10^2$ — $10^2 \times 10^{-6} = 10^{-4}$

4 $\dfrac{10\,000}{10^2} = 10^2$ — $\dfrac{10^{-1}}{10} = 10^{-2}$ — $\dfrac{10^3}{0{,}1} = 10^4$

$\dfrac{10^{-4}}{10^{-1}} = 10^{-3}$ — $\dfrac{10^{-1}}{10^{-1}} = 1$ — $\dfrac{10}{10^{-2}} = 10^3$

Explication

Exemple : $\dfrac{10^4}{10^{-2}} = 10\,000 \div 0{,}01 = 1\,000\,000 = 10^6$

5 $285 \times 10^{-4} = 0{,}0285$ — $0{,}3 \times 10^{-1} = 0{,}03$
$-0{,}3 \times 10^{-1} = -0{,}03$ — $-285 \times 10^{-4} = -0{,}0285$

Donc :
$-0{,}3 \times 10^{-1} < -285 \times 10^{-4} < 285 \times 10^{-4} < 0{,}3 \times 10^{-1}$

6 $4 \times 10^{-3} = 0{,}004$ — $2 \times 10^6 = 2\,000\,000$
$8 \times 10^{-1} = 0{,}8$ — $7{,}36 \times 10^4 = 73\,600$
$9{,}1 \times 10^{-2} = 0{,}091$ — $2{,}5813 \times 10^3 = 2\,581{,}3$

7 $2\,008 = 2{,}008 \times 10^3$ — $27\,182 \times 10^{-4} = 2{,}7182$
15 millions $= 1{,}5 \times 10^7$ — $314{,}1 \times 10^{-4} = 3{,}141 \times 10^{-2}$
$0{,}84 \times 10^4 = 8{,}4 \times 10^3$ — $371 = 3{,}71 \times 10^2$
320 milliards $= 3{,}2 \times 10^{11}$ — $36\,000 = 3{,}6 \times 10^4$

8 $(24 \times 10^{-4}) \times (7 \times 10^{-2}) = 24 \times 7 \times 10^{-4} \times 10^{-2}$
$= 168 \times 10^{-6} = 1{,}68 \times 10^{-4}$
$(0{,}1 \times 10^{-3}) \times (9 \times 10^5) = 0{,}1 \times 9 \times 10^{-3} \times 10^5$
$= 0{,}9 \times 10^2 = 9 \times 10^1$
$0{,}328 + (15 \times 10^{-2}) = 0{,}328 + 0{,}15 = 0{,}478 = 4{,}78 \times 10^{-1}$
$(0{,}25 \times 10^3) + (0{,}25 \times 10^{-3}) = 250 + 0{,}000\,25$
$= 250{,}000\,25$
$= 2{,}500\,002\,5 \times 10^2$

9 Connaître les nombres premiers

> p. 22

infos parents

Les nombres premiers ont été introduits en classe de Cinquième dans le cadre de la divisibilité.
En Quatrième, l'étude des nombres premiers est plus étendue (jusqu'à 100 au lieu de 30), plus approfondie (voir exercices 2, 3 et 4) et plus orientée vers l'usage qu'on peut en faire (décomposition d'un nombre en facteurs premiers, simplification d'une fraction).

1 Tableau des nombres premiers inférieurs à 100.

~~1~~	2	3	~~4~~	5	~~6~~	7	~~8~~	~~9~~	~~10~~
11	~~12~~	13	~~14~~	~~15~~	~~16~~	17	~~18~~	19	~~20~~
~~21~~	~~22~~	23	~~24~~	~~25~~	~~26~~	~~27~~	~~28~~	29	~~30~~
31	~~32~~	~~33~~	~~34~~	~~35~~	~~36~~	37	~~38~~	~~39~~	~~40~~
41	~~42~~	43	~~44~~	~~45~~	~~46~~	47	~~48~~	~~49~~	~~50~~
~~51~~	~~52~~	53	~~54~~	~~55~~	~~56~~	~~57~~	~~58~~	59	~~60~~
61	~~62~~	~~63~~	~~64~~	~~65~~	~~66~~	67	~~68~~	~~69~~	~~70~~
71	~~72~~	73	~~74~~	~~75~~	~~76~~	~~77~~	~~78~~	79	~~80~~
~~81~~	~~82~~	83	~~84~~	~~85~~	~~86~~	~~87~~	~~88~~	89	~~90~~
~~91~~	~~92~~	~~93~~	~~94~~	~~95~~	~~96~~	97	~~98~~	~~99~~	~~100~~

2 (41) 51 (37) 33 (19) 57 123 (71)
(47) 49 104 111 (2) (17) 87 (73)

Les nombres premiers sont dans le crible d'Ératosthène. Les autres nombres sont divisibles par 2, par 3 ou par 7.

3 Si le nombre de jetons est **composé** (produit de deux facteurs strictement supérieurs à 1) alors l'enfant peut construire plusieurs rectangles. Si le nombre de jetons est **premier**, l'enfant ne peut faire qu'une rangée.

4 **a.** 25 (voir le crible d'Ératosthène).
b. Non, puisqu'il est divisible par 13 et 7, en plus de 1 et lui-même.
c. 2 et 3 (ce sont les deux seuls).
d. Non parce que la somme de deux nombres impairs est un nombre pair, donc divisible par 2.
e. Par exemple, 2 + 3 = 5. L'un des deux termes est nécessairement 2.
f. 4 ou 6 ou 8 ou 0.
g. 1 ou 3 ou 7 ou 9.

5 **a.**

$$\begin{array}{r|l} 49 & 7 \\ 7 & 7 \\ 1 & \end{array} \qquad \begin{array}{r|l} 175 & 5 \\ 35 & 5 \\ 7 & 7 \\ 1 & \end{array}$$

$49 = 7 \times 7 = 7^2$ $\qquad 175 = 5^2 \times 7$

b. $\dfrac{49}{175} = \dfrac{7^2}{5^2 \times 7} = \dfrac{7}{5^2} = \dfrac{7}{25}$

6

$$\begin{array}{r|l} 140 & 2 \\ 70 & 2 \\ 35 & 5 \\ 7 & 7 \\ 1 & \end{array} \qquad \begin{array}{r|l} 360 & 2 \\ 180 & 2 \\ 90 & 2 \\ 45 & 5 \\ 9 & 3 \\ 3 & 3 \\ 1 & \end{array}$$

Donc $140 = 2^2 \times 5 \times 7$ et $360 = 2^3 \times 3^2 \times 5$.

Donc $\dfrac{140}{360} = \dfrac{2^2 \times 5 \times 7}{2^3 \times 3^2 \times 5} = \dfrac{7}{2 \times 3^2} = \dfrac{7}{18}$.

Mais prenons un peu de recul. Dans ce cas précis, il valait mieux simplifier directement par 10 puis par 2. Ainsi, la décomposition en facteurs premiers n'est pas toujours le moyen le plus habile pour simplifier une fraction.

7

$$\begin{array}{r|l} 363 & 3 \\ 121 & 11 \\ 11 & 11 \\ 1 & \end{array} \qquad \begin{array}{r|l} 231 & 3 \\ 77 & 7 \\ 11 & 11 \\ 1 & \end{array}$$

$363 = 3 \times 11^2$ $\qquad 231 = 3 \times 7 \times 11$

Donc $\dfrac{363}{231} = \dfrac{3 \times 11^2}{3 \times 7 \times 11} = \dfrac{11}{7}$.

10 Calculer avec des lettres

> p. 24

infos parents

Le **calcul littéral** a quelque chose de mystérieux pour un débutant. En l'abordant par le biais des **formules de géométrie**, son intérêt saute aux yeux et l'on comprend vite qu'une lettre peut représenter un nombre. Le chapitre aborde aussi la notion d'**inconnue** qui connaîtra un bel avenir par la suite.

1 **a.** Aire $= b \times h = 28 \times 25 = 700\ \text{cm}^2$.
b. Aire $= \dfrac{(B+b) \times h}{2} = \dfrac{(24+18) \times 13}{2} = 273\ \text{cm}^2$.
c. Volume $= \pi \times r^2 \times h = \pi \times 5^2 \times 20$
$= \pi \times 500 \approx 1571\ \text{cm}^3 \approx 1{,}571\ \text{L}$.

2 **a.** $A = \dfrac{(B+b) \times h}{2}$
b. $80 = \dfrac{(11+5) \times h}{2}$
c. Avec $h = 5$, on obtient $\dfrac{(11+5) \times 5}{2} = 40$.
Or, $40 \neq 80$. Donc $h \neq 5$.
Avec $h = 12$, on obtient $\dfrac{(11+5) \times 12}{2} = 96$.
Or, $96 \neq 80$. Donc $h \neq 12$.
On finit par trouver $h = 10$ cm.

3 **a.** $x = 4$. **b.** $x = 7$. **c.** $x = -2$.
d. $x = 1$ ou $x = -3$.

4 Les identités sont **a.**, **c.** et **f.**
b. est faux pour toute valeurs de x.
d. est faux pour $a = 2$.
e. est faux pour $a = 1$.
g. est faux pour $x = 1$.
h. est faux pour $x = 2$.
} par exemple

5 **b.** À l'étape ② on obtient $5p$.
À l'étape ③ on obtient $5p+100$.
À l'étape ④ on obtient
$(5p+100)\times 20 = 100p + 2\,000$.
À l'étape ⑤ on obtient
$(100p+2\,000)+23 = 100p+2\,023$ si on est en 2023.
À l'étape ⑥ on obtient $100p+2\,023-2\,010$ si tu es né en 2010.
Par exemple, pour une pointure de 39 et un âge de 13 ans, on obtient 3 913.

11 Développer et factoriser

> p. 26

infos parents

Grâce à la propriété de distributivité, on apprend à développer des expressions algébriques simples.
La double distributivité $(a+b)\times(c+d)$ sera vue en classe de Troisième.
Ainsi donc, on va pouvoir factoriser une somme ou une différence lorsqu'il existe un facteur commun dans tous les termes.

1 **a.** $2a+4b+6a-5b=(2a+6a)+(4b-5b)$
$=(2+6)a+(4-5)b=8a-b$
Remarque : $8a+(-1)b=8a-b$
b. $A=3a+5a+6b+7b=(3+5)a+(6+7)b$
$=8a+13b$
$B=4a-3a+8b-2b=(4-3)a+(8-2)b=a+6b$
$C=13a-15a+15b-20b=(13-15)a+(15-20)b$
$=-2a-5b$

2 $A=5(4x-9)=20x-45$
$B=(8-x)\times 5=40-5x$
$C=(2x+4)\times x=2x^2+4x$
$D=4(x^2+5x)=4x^2+20x$
$E=7(5+x)=35+7x$
$F=4(1-x^2)=4-4x^2$

3 $A=8(1+x+x^2)=8+8x+8x^2$
$B=0{,}5(2x-4y)=x-2y$
$C=x(x^3-x-1)=x^4-x^2-x$
$D=4(x+0{,}75y)=4x+3y$

4 $A=13-(a-b)+(9-b)=13-a+b+9-b$
$=-a+22$
$B=(7-a)+(10+b)-(13+a)$
$=7-a+10+b-13-a=4-2a+b$
$C=-(b-3a)+(b-a)-(6-b)$
$=-b+3a+b-a-6+b=2a+b-6$

5 $A=3(a+4)-(b-5)=3a+12-b+5$
$=3a-b+17$
$B=-4(4-a)-(4-b)=-16+4a-4+b$
$=4a+b-20$
$C=8(3-a)-2(5-2a)=24-8a-(10-4a)$
$=24-8a-10+4a=14-4a$

6 $A=4a+4b=4(a+b)$
$B=8a-4b=4(2a-b)$
$C=22x+33y=11(2x+3y)$
$D=x^2-7x=x(x-7)$
$E=2y+y^2=y(2+y)$
$F=6x+9y+12z=3(2x+3y+4y)$

7 $A=x^2+x=x(x+1)$
$B=y-y^2=y(1-y)$
$C=3x-3=3(x-1)$
$D=4x+6y=2(2x+3y)$
$E=6x-2=2(3x-1)$
$F=6a+9a^2=3a(2+3a)$

8 **a.** *Exemple :* $7+8+9=24$. Or $24=3\times 8$.
Donc cette somme est multiple de 3.
b. *Autre exemple :* $41+42+43=126$ et $126=3\times 42$.
Même conclusion.
c. Mais il ne suffit pas d'accumuler des exemples pour prouver que la propriété est vraie dans tous les cas. Pour faire une démonstration générale, on va représenter les nombres par des lettres.
Soit un entier quelconque a.
Ses suivants sont $a+1$ et $a+2$.
La somme de ces trois entiers est :
$S=a+(a+1)+(a+2)=3a+3$.
Le facteur commun aux deux termes est : 3.
L'expression factorisée de S est : $S=3\times(a+1)$.
Et ceci prouve que S est toujours un multiple de 3.

12 Résoudre des équations

> p. 28

infos parents

On commence à apprendre à résoudre des équations simples. L'intérêt sera, par la suite, de pouvoir mettre en équation des problèmes très divers, afin de les résoudre « algébriquement ».

1 **a.** Si $x = 2$, alors $7x + 5 = 7 \times 2 + 5 = 19$ et $10 + 2x = 10 + 2 \times 2 = 14$. Donc 2 n'est pas solution de l'équation $7x + 5 = 10 + 2x$.

b. Si $x = 1$, alors $7x + 5 = 7 \times 1 + 5 = 12$ et $10 + 2x = 10 + 2 \times 1 = 12$. Donc 1 est solution de cette équation.

c. Si $x = -4$, alors $3x + 33 = 3 \times (-4) + 33 = 21$ et $3(3 - x) = 3[3 - (-4)] = 3(3 + 4) = 21$.

Donc -4 est solution de cette équation.

2 $(x - 2) + 2(x - 1) = 2x - 3$

$x - 2 + 2x - 2 = 2x - 3$

$3x - 4 = 2x - 3$

$3x - 2x = -3 + 4$, donc $x = 1$

Vérification

La vérification consiste à tester si 1 est bien solution de l'équation.

1er membre : $(1 - 2) + 2(1 - 1) = -1 + 2 \times 0 = -1$

2e membre : $2 \times 1 - 3 = 2 - 3 = -1$.

Donc 1 est la solution de l'équation.

Explication

En une seule étape, on a ajouté $-2x$ et 4 aux deux membres de l'égalité $3x - 4 = 2x - 3$ au lieu de le faire en deux étapes.

3 $4(3x - 2) - 10x = 3x - 1$

$12x - 8 - 10x = 3x - 1$

$2x - 8 = 3x - 1$

$2x - 3x = -1 + 8$

$-x = 7$, donc $x = -7$

Vérification

1er membre : $4[(3 \times (-7) - 2)] - 10 \times (-7)$

$= 4 \times (-23) + 70 = -92 + 70 = -22$.

2e membre : $3 \times (-7) - 1 = -21 - 1 = -22$.

Donc -7 est la solution de l'équation.

Explication

En une seule étape, on a ajouté $-3x$ et 8 aux deux membres de l'égalité $2x - 8 = 3x - 1$ au lieu de le faire en deux étapes.

4 $\dfrac{2x + 5}{4} = 3x$

$\dfrac{2x + 5}{4} \times 4 = 3x \times 4$ soit $2x + 5 = 12x$.

D'où $2x - 12x = -5$

$-10x = -5$ donc $x = 0{,}5$

Vérification

1er membre : $\dfrac{2 \times 0{,}5 + 5}{4} = \dfrac{1 + 5}{4} = \dfrac{6}{4} = 1{,}5$.

2e membre : $3 \times 0{,}5 = 1{,}5$.

Donc 0,5 est la solution de l'équation.

5 $4 + \dfrac{x}{6} = 7 + \dfrac{x}{3}$

$\dfrac{4 \times 6}{6} + \dfrac{x}{6} = \dfrac{7 \times 6}{6} + \dfrac{2 \times x}{6}$

$24 + x = 42 + 2x$

$x - 2x = 42 - 24$

$-x = 18$, donc $x = -18$

Vérification

1er membre : $4 + \dfrac{-18}{6} = 4 - 3 = 1$.

2e membre : $7 + \dfrac{-18}{3} = 7 - 6 = 1$.

Donc -18 est la solution de l'équation.

Explication

En multipliant par 6 les deux membres de l'équation, on a supprimé le dénominateur commun.

6 Soit x le nombre recherché. On a, d'après le texte, $x \times 3 + 7 = 58$,

donc $3x = 58 - 7 = 51$. Enfin $x = 51 \div 3 = 17$.

La vérification est immédiate :

$3 \times 17 + 7 = 51 + 7 = 58$

7 Soit x ce nombre et donc $x - 1$ est son précédent.

$x + (x - 1) = 1\,789$.

Donc $2x - 1 = 1\,789$.

$2x = 1\,789 + 1 = 1\,790$. Donc $x = 1\,790 \div 2 = 895$.

La vérification est immédiate : $895 + 894 = 1\,789$

13 Résoudre un problème avec une équation

> p. 30

infos parents

Dans ce chapitre, il s'agit de s'initier à la résolution de problèmes en utilisant des équations.
On apprécie l'efficacité de cette méthode qui rend accessibles des problèmes d'apparence difficile.

Remarque : on suit la démarche standard :
– choix de l'inconnue,
– mise en équation,
– résolution de l'équation,
– réponse au problème.

1 Soit x la masse d'une orange (en grammes).
Sur le plateau de gauche, on a une masse de $3x + 40$.
Sur celui de droite, 700.
Donc on a $3x + 40 = 700$,
donc $3x = 700 - 40 = 660$,
d'où $x = 660 \div 3 = 220$ g.
Donc une orange pèse 220 grammes.

2 Soit x la masse d'un pamplemousse (en grammes).
Sur le plateau de gauche, on a une masse de
$2x + 400 + 600$.
Sur celui de droite, $5x + 50 + 50$.
Donc on a :
$2x + 400 + 600 = 5x + 50 + 50$,
soit $2x + 1\,000 = 5x + 100$.
Alors $2x - 5x = 100 - 1\,000$ et donc $-3x = -900$,
d'où $x = (-900) \div (-3) = 300$ g.
Donc un pamplemousse pèse 300 g.

3 Soit x le prix de la recharge (en euros).
Le réchaud coûte $x + 29$.
On a $x + (x + 29) = 55$, soit $2x + 29 = 55$.
Alors $2x = 55 - 29 = 26$. Donc $x = 26 \div 2 = 13$.
La recharge coûte 13 €.
Le réchaud coûte $13 + 29 = 42$ €.

Vérification : $42 + 13 = 55$

4 **a.**

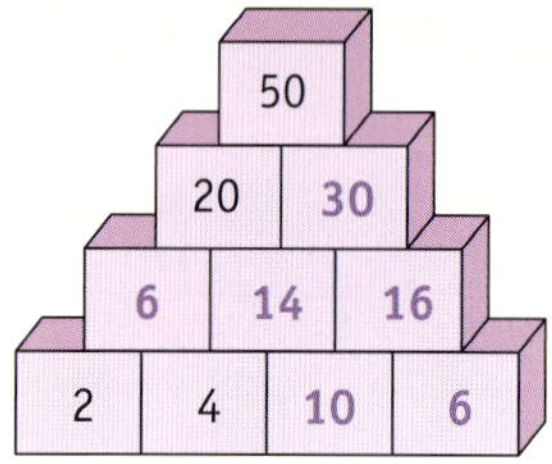

b.

$(5 + x) + (x + 3) = 12$.
Donc $2x + 8 = 12$.
$2x = 4$, donc $x = 2$, et on peut compléter la pyramide.

On a donc :

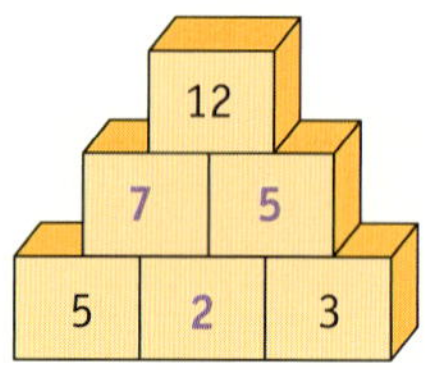

5 Le rectangle ① a pour dimensions 5 et $(8 - x)$.
Son aire est $5(8 - x)$.
Le rectangle ② a pour dimensions x et 11.
Son aire est $11x$.
On a à résoudre $5(8 - x) = 11x$.
Donc $40 - 5x = 11x$.
Soit $-5x - 11x = -40$, d'où $-16x = -40$.
Ainsi $x = 40 \div 16 = 2{,}5$.
Vérification :
① a pour mesures 5 et 5,5 donc ① a pour aire :
$5 \times 5{,}5 = 27{,}5$.
② a pour mesures 11 et 2,5 donc ② a pour aire :
$11 \times 2{,}5 = 27{,}5$.

14 Calculer une quatrième proportionnelle

> p. 32

infos parents

Dans une situation de proportionnalité, la connaissance de trois nombres permet de trouver le quatrième : « la quatrième proportionnelle ».
Pour cela, nous étudions d'abord la propriété des produits en croix.

1 **a.** Calculons les produits en croix :
$72 \times 35 = 2\,520$ et $63 \times 40 = 2\,520$.

Les produits en croix sont égaux, donc $\frac{72}{63} = \frac{40}{35}$.

Remarque : on aurait pu simplifier les fractions et constater qu'elles sont toutes les deux égales à $\frac{8}{7}$.

b. $77 \times 20 = 1\,540$ et $28 \times 56 = 1\,568$.

Les produits en croix sont inégaux, donc $\frac{77}{28} \neq \frac{56}{20}$.

2 **a.** $126x = 35 \times 54 = 1\,890$, donc $x = \frac{1890}{126} = 15$.

b. $14x = (-24) \times (-35) = 840$, donc $x = \frac{840}{14} = 60$.

Explication
On applique ici la propriété : si les quotients sont égaux alors les produits en croix sont égaux.

3

a.

15	x
6	18

$6x = 15 \times 18 = 270$

donc $x = \frac{270}{6} = 45$.

b.

25	15
10	x

$25x = 15 \times 10 = 150$

donc $x = \frac{150}{25} = 6$.

c.

x	4,5
7	30

$30x = 7 \times 4{,}5 = 31{,}5$

donc $x = \frac{31{,}5}{30} = 1{,}05$.

d.

3,2	16
x	5,4

$16x = 3{,}2 \times 5{,}4 = 17{,}28$

donc $x = \frac{17{,}28}{16} = 1{,}08$.

4 **a.**

Jours	3	5
Prix (en €)	130	210

$3 \times 210 = 630$ et $5 \times 130 = 650$.
Les produits en croix sont inégaux donc ce n'est pas une situation de proportionnalité.

b. Tarifs pour une journée :
Le roi Dagobert : $130 \div 3 \approx 43{,}33$ €.
Le grand Saint-Éloi : $210 \div 5 = 42$ €.
C'est le roi Dagobert qui paie le plus à la journée.

5

6	15
6,48	x

$6x = 15 \times 6{,}48 = 97{,}20$,
d'où $x = 97{,}20 \div 6 = 16{,}20$.
Donc 15 litres de lait coûtent 16,20 €.

Remarque : c'est quand même bien pratique les produits en croix !

6

3 000	100
1 200	x

$3\,000x = 100 \times 1\,200 = 120\,000$,
donc $x = 120\,000 \div 3\,000 = 40$.
Conclusion : il y a 40 % de femmes travaillant dans cette entreprise.

15 Représenter une situation de proportionnalité

> p. 34

infos parents
Il s'agit de lier représentation graphique et situation de proportionnalité.
Lorsqu'une quantité varie en fonction d'une autre (par exemple le prix en fonction du poids), on peut représenter le phénomène par un graphique.
La forme du graphique aide à reconnaître s'il s'agit d'une situation de proportionnalité.
En outre, la lecture graphique permet de contrôler les résultats ou d'éviter certains calculs.

1 **a.**

1,5	2	2,5	3	5
0,9	1,2	1,5	1,8	3

× 0,6

b. et **c.**

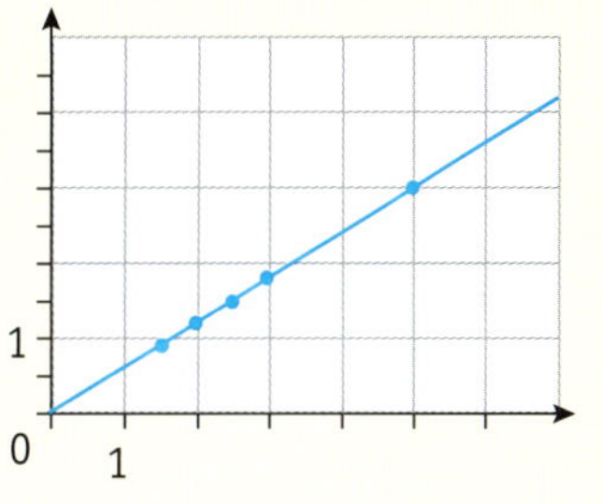

Explication
a. On peut compléter le tableau en utilisant les produits en croix. Par ailleurs, le coefficient de proportionnalité est $0{,}9 \div 1{,}5 = 0{,}6$.

2 **a.**

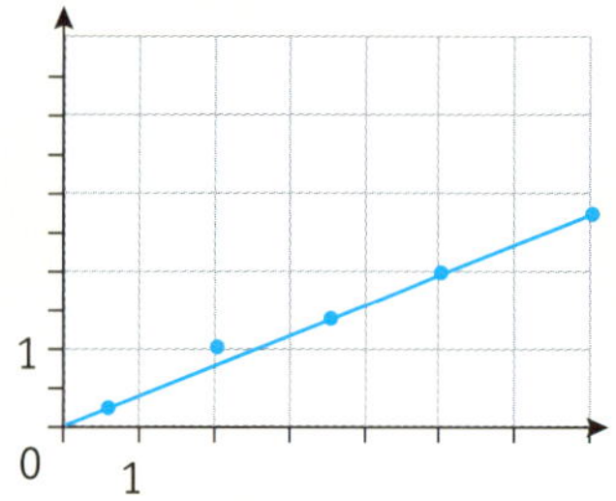

b. Le point (2 ; 1) n'est pas aligné avec les autres.
Il le serait si son ordonnée y était le quatrième nombre du tableau de proportionnalité suivant : $\begin{array}{c|c} 0{,}5 & 2 \\ \hline 0{,}2 & y \end{array}$.

D'où $y \times 0{,}5 = 2 \times 0{,}2$, d'où $y = \dfrac{0{,}4}{0{,}5} = 0{,}8$.
On remplace donc 1 par 0,8.

3 **a.**

	A	B	C	D
Heures	0,5	1	1,5	2
Degrés	7,5	15	22,5	30

b. Les points A, B, C et D sont alignés avec l'origine, donc le tableau est un tableau de proportionnalité.

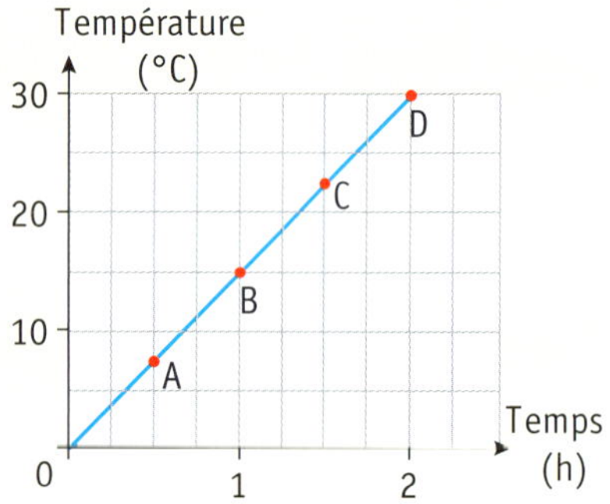

c. 0 °C bien sûr ! (Puisque c'était de l'eau glacée.)

4 **a.**

	A	B	C	D
x	0	1	2	3
y	10	15	20	25

b. Les points A, B, C et D sont certes alignés entre eux, mais pas avec l'origine. Donc ce tableau n'est pas de proportionnalité.

c. Graphiquement, pour 5 heures de location, on paierait 35 euros.

5 **a.**

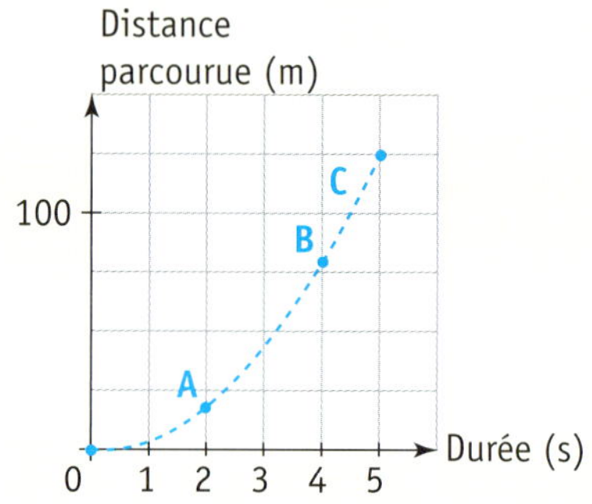

b. Les points O, A, B et C ne sont pas alignés.
Donc, ce tableau n'est pas de proportionnalité.
Remarque : la distance parcourue n'est pas proportionnelle à la durée de la chute car la vitesse augmente au cours de la chute.

16 Connaître la notion de médiane statistique

> p. 36

infos parents

Nous connaissons bien les moyennes, pondérées ou non. Mais un autre paramètre intéresse aussi les statisticiens : il s'agit de la « **médiane** ».

1 **a.** Appelons m la moyenne :

$$m = \frac{1 \times 5 + 1 \times 6 + 4 \times 7 + 5 \times 9 + 1 \times 10 + 2 \times 11 + 3 \times 12 + 1 \times 14 + 4 \times 17 + 2 \times 19}{1 + 1 + 4 + 5 + 1 + 2 + 3 + 1 + 4 + 2}$$

$$= \frac{272}{24} \approx 11{,}33.$$

b. Dans cette série statistique, une note médiane doit être strictement comprise entre 10 et 11. Donc m n'est pas une note médiane.

2 **a.**

Chiffre d'affaires	1,3	1,4	1,6	1,8	1,9	2	2,1	2,2	2,3	2,5
Nombre de jours	3	9	13	12	6	7	5	20	15	10
Effectif cumulé	3	12	25	37	43	50	55	75	90	100

b. Remarque : ce qu'on appelle communément le « chiffre d'affaires » est en réalité un « nombre » qui s'écrit avec des « chiffres ».
Un chiffre d'affaires médian : 2,05 par exemple.

Explication
b. Au vu des effectifs cumulés,
il faut $2 < M_e < 2{,}1$ où M_e désigne la médiane.

c. $\dfrac{3 \times 1{,}3 + \ldots + 10 \times 2{,}5}{100} = \dfrac{198{,}3}{100} = 1{,}983.$

Un chiffre d'affaires médian doit être strictement compris entre 2 et 2,1. Donc 1,983 n'est pas un chiffre d'affaires médian.
d. La médiane sépare la population en deux moitiés. Elle vaut 2,05 milliers d'euros. Donc il est vrai que 50 % des chiffres d'affaires sont supérieurs à 2 milliers d'euros.

3 **a.** Salaire moyen :
$(9 \times 1000 + 11\,000) \div 10 = 2\,000$€ .
Salaire médian : Il y a 5 salaires $\leqslant 1000$€ et 5 salaires $\geqslant 1000$€ . Donc le salaire médian est 1 000 €.
b. Le salaire moyen est très éloigné de la situation des uns et de l'autre. Le salaire médian correspond mieux à la situation générale car la médiane ne dépend pas des valeurs extrêmes.

4 **a.**

Nombre de véhicules	11	13	14	15	16	18	20	21
Effectif	2	1	2	1	2	1	2	1
Effectif cumulé	2	3	5	6	8	9	11	12

b. Médiane = 15,5.
c. Appelons m la moyenne :
$m = \dfrac{2 \times 11 + \ldots + 1 \times 21}{12} = \dfrac{189}{12} = 15{,}75.$
d. Une valeur médiane doit être strictement comprise entre 15 et 16.
m peut donc être une médiane.

5 **a.**

Température	9 °C	11 °C	12 °C	13 °C	15 °C	17 °C
Effectif	2	5	6	4	2	1
Effectif cumulé	2	7	13	17	19	20

b. Effectif total : $2 + 5 + 6 + 4 + 2 + 1 = 20$.

c. $m = \dfrac{2 \times 9 + 5 \times 11 + 6 \times 12 + 4 \times 13 + 2 \times 15 + 17}{20}$
$m = 12{,}2$ °C.
d. Pendant 13 jours. Donc m ne peut pas être une valeur médiane qui doit séparer la population en 2 moitiés de 10 jours.
e. 10 valeurs sont inférieures ou égales à 12, et 10 valeurs sont supérieures ou égales à 12 donc $M_e = 12$.

17 Calculer ses chances > p. 38

infos parents
Commencée en Cinquième, l'initiation aux probabilités se poursuit.
Au fil de la résolution des exercices, les notions de cas possibles (ou éventualités), de cas favorables et d'événements sont revues et renforcées.
De plus, la présentation des données sous forme de tableau apparaît comme un procédé fécond dans la recherche d'une solution.

1 **a.** Il y a 6 cas possibles correspondant aux 6 faces du dé : 1, 2, 3, 4, 5, 6.
b. A est composé de 4 éventualités : 2, 3, 4 et 6.
La probabilité de A est $\dfrac{4}{6} = \dfrac{2}{3}$.
c. B est composé de 2 éventualités : 1 et 5.
La probabilité de B est $\dfrac{2}{6} = \dfrac{1}{3}$.
d. Ce sont deux événements contraires.

2 **a.** Puisque Léa prend 3 chaussettes et qu'il n'y a que 2 couleurs, elle aura forcément 2 chaussettes de la même couleur (peut-être même 3). Donc l'événement est certain. Donc sa probabilité est 1.
b. C'est un événement impossible puisqu'il n'y a que 2 couleurs. Sa probabilité est donc 0.
c. Il n'y a que 10 chaussettes noires et 10 chaussettes blanches. Donc Léo qui prend 11 chaussettes prendra forcément dans les 2 couleurs : c'est certain ! Donc la probabilité demandée est 1.

3 **a.** Parmi 32 cartes, il y a :

- 4 rois, donc la probabilité de tirer un roi est $\frac{4}{32} = \frac{1}{8}$;
- 8 cœurs, donc la probabilité de tirer un cœur est $\frac{8}{32} = \frac{1}{4}$;
- 8 cœurs dont un roi + les 3 autres rois, soit 11 rois ou cœurs, donc la probabilité de tirer un roi ou un cœur est $\frac{11}{32}$.

b. Si on supprime les cartes noires, le tirage a lieu parmi les 16 cartes rouges. Parmi les 16 cartes rouges, il y a :

- 2 rois, donc la probabilité de tirer un roi est $\frac{2}{16} = \frac{1}{8}$;
- 8 cœurs, donc la probabilité de tirer un cœur est $\frac{8}{16} = \frac{1}{2}$;
- 8 cœurs et le roi de carreau, soit 9 rois ou cœurs, donc la probabilité de tirer un roi ou un cœur est $\frac{9}{16}$.

4 **a.**

Pièce de 50 c / Pièce de 20 c	Pile	Face
Pile	70	20
Face	50	0

b. La probabilité de gagner au moins 50 centimes est $\frac{2}{4} = \frac{1}{2}$.

c. On soustrait 50 dans chaque case du précédent tableau.

Pièce de 50 c / Pièce de 20 c	Pile	Face
Pile	20	– 30
Face	0	– 50

On voit que le gain peut être négatif.

Moyenne de ces gains :

$\frac{20 + 0 - 30 - 50}{4} = \frac{-60}{4} = -15.$

d. Compte tenu de la mise, les pertes sont plus fréquentes et plus importantes que les gains.

Ce jeu avantage clairement l'organisateur. Il est donc prudent de ne pas jouer.

18 Connaître et utiliser le théorème de Pythagore

> p. 40

infos parents

Dans ce chapitre est présenté le célèbre théorème de Pythagore. Celui-ci permet de calculer la longueur d'un côté d'un triangle rectangle quand on connaît les longueurs des deux autres. Le tableau des carrés des entiers de 1 à 12 permet de trouver la racine carrée de quelques nombres qu'il est bon de connaître. Dans les autres cas, nous utiliserons la touche $\sqrt{}$ pour calculer la racine carrée d'un nombre positif.
Enfin, la réciproque du théorème de Pythagore sera utile pour tester si un triangle est rectangle.

1 **a.** $BC^2 = 12^2 + 9^2 = 225$. Donc $BC = \sqrt{225} = 15$.

b. $13^2 = AB^2 + 5^2$, soit $AB^2 = 169 - 25 = 144$.
Donc $AB = \sqrt{144} = 12$.

c. $3{,}4^2 = 3^2 + AC^2$ donc
$AC^2 = 3{,}4^2 - 3^2 = 11{,}56 - 9 = 2{,}56$.
$AC = \sqrt{2{,}56} = 1{,}6$.

d. ABC est rectangle isocèle en A, donc AC = AB = 3 et $BC^2 = 3^2 + 3^2 = 18$. Donc $BC = \sqrt{18} \approx 4{,}24$.

Remarque : au **d.** on n'obtient pas une valeur décimale exacte, c'est souvent le cas.

Explication

On sait que ces triangles ABC sont rectangles en A, donc $BC^2 = AB^2 + AC^2$, d'après le théorème de Pythagore.

2 Dans cet exercice, les triangles s'appellent ABC et [BC] est le plus long côté.

a. $BC^2 = 17^2 = 289$ et $AC^2 + AB^2 = 8^2 + 15^2 = 289$.
$BC^2 = AC^2 + AB^2$ donc ABC est rectangle en A.

b. $BC^2 = 30^2 = 900$ et $AB^2 + AC^2 = 21^2 + 20^2 = 841$.
$BC^2 \neq AB^2 + AC^2$ donc ABC n'est pas rectangle.

Explication

Pour **b.**, la réponse serait : ABC n'est pas rectangle en A. Mais, ayant comparé le carré du côté le plus long à la somme des deux autres carrés, on peut affirmer que ABC n'est pas rectangle (ni en A, ni en B, ni en C.)

3 Tous les calculs se font « de tête ».

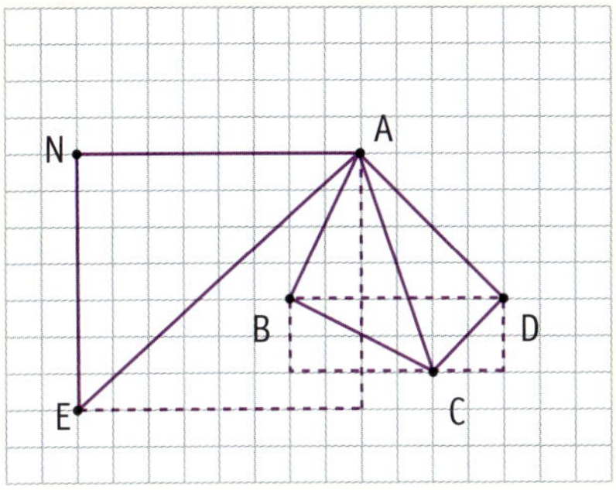

a. $AE^2 = AN^2 + EN^2 = 8^2 + 6^2 = 64 + 36 = 100$
donc $AE^2 = 100$ donc $AE = 10$.

b. • $AB^2 = 2^2 + 4^2 = 20$,
$AC^2 = 2^2 + 6^2 = 40$, $BC^2 = 2^2 + 4^2 = 20$.
Donc $AC^2 = AB^2 + BC^2$.
ABC est donc rectangle en B.

• $AD^2 = 4^2 + 4^2 = 32$,
$AC^2 = 6^2 + 2^2 = 40$, $DC^2 = 2^2 + 2^2 = 8$.
Donc $AC^2 = AD^2 + DC^2$.
ADC est donc rectangle en D.

4 Ici aussi les calculs se font de tête.

a. AHC est rectangle en H,
donc $AC^2 = AH^2 + CH^2$ donc $5^2 = 3^2 + CH^2$.
$CH^2 = 25 - 9 = 16$ donc $CH = \sqrt{16} = 4$.

b. On a $\mathcal{A} = \text{aire (AHB)} + \text{aire (AHC)} = \dfrac{3 \times 3}{2} + \dfrac{3 \times 4}{2}$.

D'où $\mathcal{A} = \dfrac{9}{2} + \dfrac{12}{2} = \dfrac{21}{2} = 10{,}5$.

Remarque : on pouvait aussi dire que $\mathcal{A} = \dfrac{AH \times BC}{2}$,

avec $BC = BH + HC = 3 + 4 = 7$. D'où $\mathcal{A} = \dfrac{3 \times 7}{2} = \dfrac{21}{2}$.

5

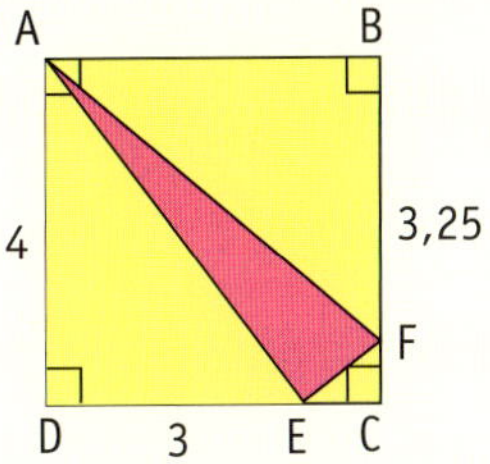

Hypothèses :
AB = BC = CD = DA = 4
DE = 3
BF = 3,25

a. $AE^2 = AD^2 + DE^2 = 4^2 + 3^2 = 25$.
$AF^2 = AB^2 + BF^2 = 4^2 + 3{,}25^2 = 26{,}5625$.
$EF^2 = EC^2 + CF^2$
$EF^2 = (4 - 3)^2 + (4 - 3{,}25)^2 = 1 + 0{,}5625 = 1{,}5625$

b. On a $AE^2 + EF^2 = 25 + 1{,}5625 = 26{,}5625 = AF^2$.
Donc AEF est rectangle en E.

19 Aborder le théorème de Thalès

> p. 42

infos parents

On étudie, ici, une version simple du théorème de Thalès dans un triangle. Une étude plus complète sera réalisée en Troisième.
Mais déjà la version simple va permettre de calculer des longueurs de segments dans certaines figures.
La réciproque nous donnera un outil pour démontrer que deux droites sont parallèles.

1

Conseil
Revoir l'égalité de deux fractions, page 32 : quand deux fractions sont égales, les produits en croix sont égaux.

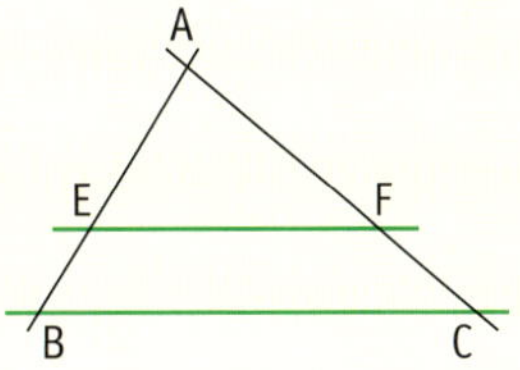

Hypothèses :
(EF) // (BC)
AF = 8
AC = 12
AB = 9
BC = 14

a. Puisque (EF) // (BC), on a $\dfrac{AE}{AB} = \dfrac{AF}{AC}$ donc $\dfrac{AE}{9} = \dfrac{8}{12}$
donc $12 \times AE = 9 \times 8$.
D'où $AE = 9 \times 8 \div 12 = 6$.

b. On a $\dfrac{EF}{BC} = \dfrac{AF}{AC}$ donc $\dfrac{EF}{14} = \dfrac{8}{12}$
donc $12 \times EF = 8 \times 14$.
D'où $EF = 8 \times 14 \div 12 = \dfrac{112}{12} \approx 9{,}33$.

2

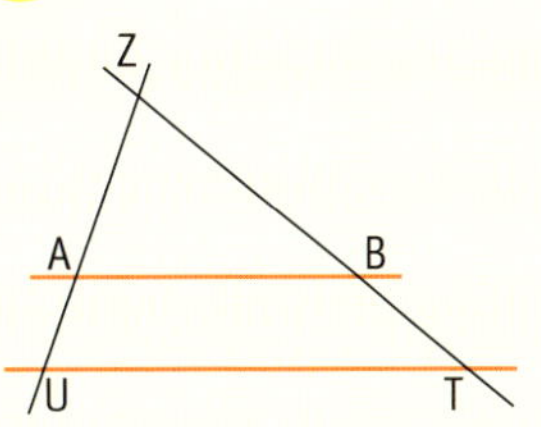

Hypothèses :
(AB) // (UT)
ZA = 2
ZU = 3
ZB = 3
AB = 3

a. Puisque (AB) // (UT), on a $\dfrac{ZA}{ZU} = \dfrac{ZB}{ZT}$
donc $\dfrac{2}{3} = \dfrac{3}{ZT}$ donc $2 \times ZT = 3 \times 3$.
D'où $ZT = 3 \times 3 \div 2 = \dfrac{9}{2} = 4{,}5$.

b. On a $\frac{ZA}{ZU} = \frac{AB}{UT}$ donc $\frac{2}{3} = \frac{3}{UT}$

donc $2 \times UT = 3 \times 3$. D'où $UT = \frac{9}{2} = 4{,}5$.

3

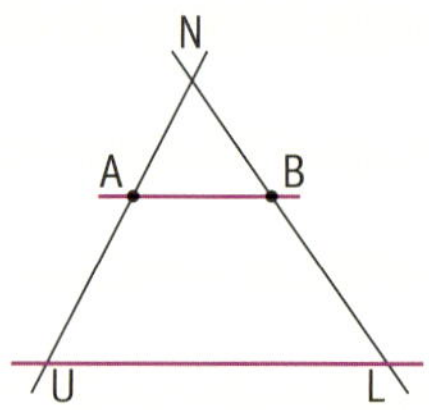

Hypothèses :
NA = 2
NU = 5
NB = 2,4
NL = 6

a. On a $\frac{NA}{NU} = \frac{2}{5}$.

b. De même, $\frac{NB}{NL} = \frac{2{,}4}{6} = \frac{24}{60} = \frac{2 \times 12}{5 \times 12} = \frac{2}{5}$.

c. Comme $\frac{NA}{NU} = \frac{NB}{NL}$, les droites (AB) et (UL) sont parallèles, d'après la réciproque du théorème de Thalès.

4

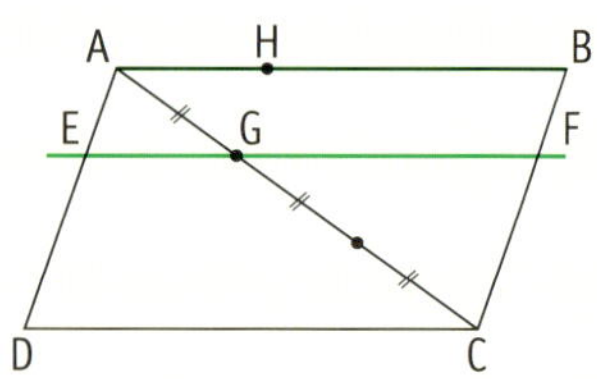

Hypothèses :
ABCD est un parallélogramme.
AB = 5
BC = 3
(EF) // (AB)
$AG = \frac{AC}{3}$ $AH = \frac{AH}{3}$

a. On a $\frac{CG}{CA} = \frac{2}{3}$, et comme (EF)//(AB), d'après Thalès, on a $\frac{CG}{CA} = \frac{GF}{AB}$.

Donc $\frac{2}{3} = \frac{GF}{5}$. Donc $3 \times GF = 2 \times 5$. Donc $GF = \frac{10}{3}$.

b. On a $\frac{AG}{AC} = \frac{1}{3}$, et comme (EG)//(DC), d'après Thalès, on a $\frac{AG}{AC} = \frac{EG}{DC}$. Or, les côtés opposés d'un parallélogramme ont même longueur donc DC = AB = 5.

On a donc $\frac{1}{3} = \frac{EG}{5}$. Donc $3 \times EG = 5 \times 1 = 5$.

Donc $EG = \frac{5}{3}$.

c. $EF = EG + GF = \frac{5}{3} + \frac{10}{3} = \frac{15}{3} = 5$. Donc EF = AB.

d. Puisque $AG = \frac{AC}{3}$, on a $\frac{AG}{AC} = \frac{1}{3}$.

De même, $\frac{AH}{AB} = \frac{1}{3}$.

Donc $\frac{AG}{AC} = \frac{AH}{AB}$.

Alors d'après la réciproque du théorème de Thalès, on a (HG)//(BC). Mais (AD)//(BC) comme côtés opposés du parallélogramme ABCD.
Donc (HG)//(AD).

20 Découvrir le cosinus dans les triangles rectangles

> p. 44

infos parents

Après le théorème de Pythagore, un peu de trigonométrie. Il s'agit de comprendre la notion de cosinus dans un triangle rectangle pour calculer des longueurs et des angles dans ces triangles. Accessoirement, les exercices 3 et 5 montreront comment un enchaînement de calculs approchés peut donner un résultat final imprécis.

1

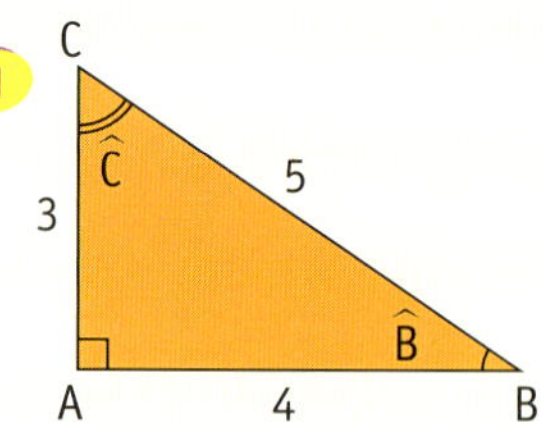

a. $\cos(\hat{B}) = \frac{BA}{BC} = \frac{4}{5} = 0{,}8$

$\cos(\hat{C}) = \frac{CA}{CB} = \frac{3}{5} = 0{,}6$

b.

Conseil
Vérifier que la calculatrice est bien en mode degré.

$\hat{B} \approx 37°$ $\hat{C} \approx 53°$

Remarque : on doit avoir $\hat{B} + \hat{C} \approx 90°$.
Ici, 37° + 53° = 90°.

2

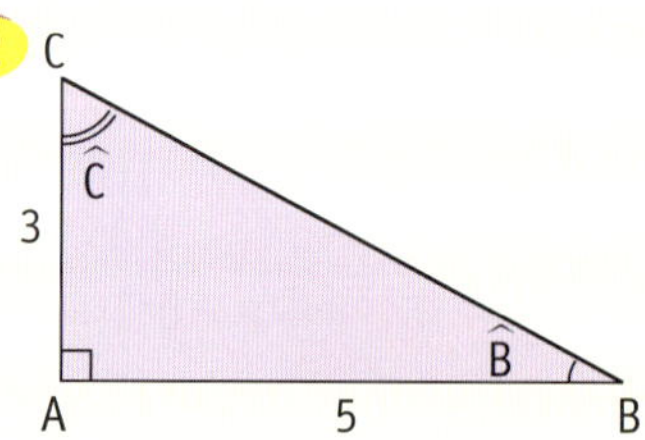

a. $BC^2 = 3^2 + 5^2 = 34$ donc $BC = \sqrt{34} \approx 5{,}83$.

b. $\cos(\hat{B}) = \frac{BA}{BC} \approx \frac{5}{5{,}83} \approx 0{,}86 \quad \hat{B} \approx 31°$

$\cos(\hat{C}) \approx \frac{CA}{CB} \approx \frac{3}{5{,}83} \approx 0{,}51 \quad \hat{C} \approx 59°$

Remarque : on a arrondi les angles au degré près.
Vérification : 31° + 59° = 90°.

3

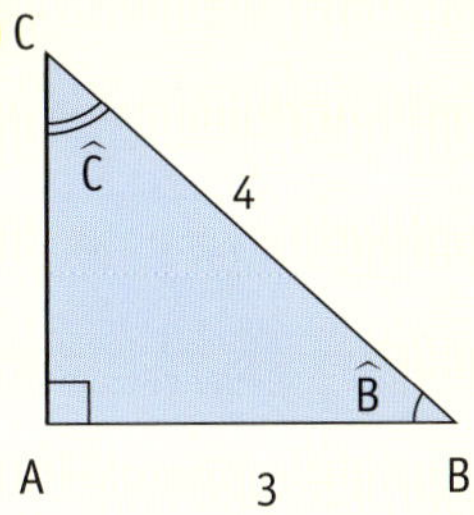

a. $4^2 = 3^2 + AC^2$ donc $AC^2 = 16 - 9 = 7$.
D'où $AC = \sqrt{7} \approx 2{,}65$.

b. $\cos(\hat{B}) = \frac{BA}{BC} = \frac{3}{4} = 0{,}75$

$\hat{B} \approx 41{,}41°$.

$\cos(\hat{C}) = \frac{CA}{CB} \approx \frac{2{,}65}{4} \approx 0{,}66$

$\hat{C} \approx 48{,}70°$, à 0,01 près.

Vérification : 41,41° + 48,70° = 90,11° ≈ 90°. On n'est pas sûr des décimales de $\hat{C}$ car $\cos(\hat{C})$ est approché.

4

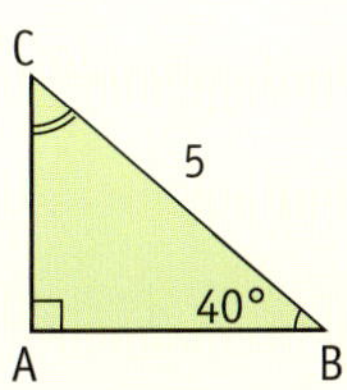

a. $\cos 40° = \frac{AB}{5}$ donc $AB = 5 \times \cos 40° \approx 3{,}83$.

b. $AC^2 = BC^2 - AB^2 \approx 5^2 - 3{,}83^2 \approx 10{,}33$.

Donc $AC \approx \sqrt{10{,}33} \approx 3{,}21$.

Remarque : on a appliqué le théorème de Pythagore. On aurait pu aussi dire $\hat{C} = 90° - 40° = 50°$ et ensuite, $\cos 50° = \frac{CA}{CB}$ pour en déduire CA.

5

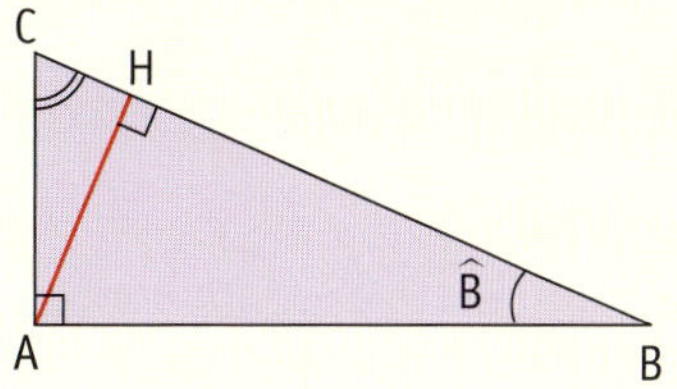

a. D'après le théorème de Pythagore :
$AB^2 = BC^2 - AC^2 = 5^2 - 2^2 = 21$.
Donc $AB = \sqrt{21} \approx 4{,}58$.

b. $\cos(\hat{B}) = \frac{BA}{BC} \approx \frac{4{,}58}{5} \approx 0{,}92$.

c. Le triangle ABH est rectangle en H.

Donc $\frac{BH}{BA} = \cos(\hat{B})$ donc $BH \approx 0{,}92 \times 4{,}58 \approx 4{,}21$.

d. $AH^2 = AB^2 - BH^2 \approx 21 - 4{,}21^2 \approx 3{,}2759$

donc $AH \approx \sqrt{3{,}2759} \approx 1{,}81$.

Remarque : en calculant par une autre méthode, on trouve BH = 4,2, qui est le résultat exact.

6

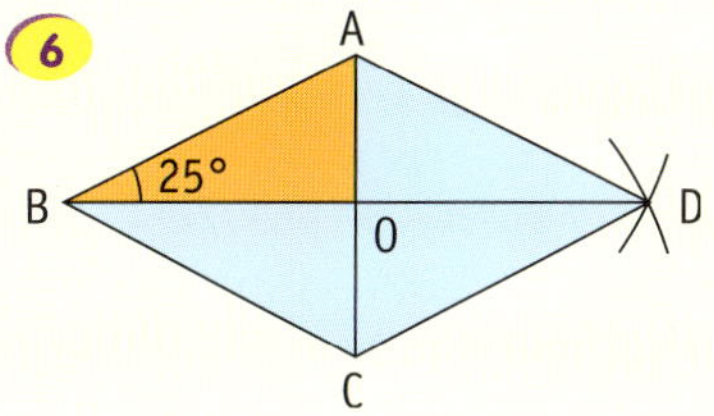

a. On considère le triangle AOB rectangle en O.

$BO = \frac{BD}{2} = \frac{8}{2} = 4$.

$\frac{BO}{BA} = \cos 25°$ donc $BO = BA \times \cos 25°$

donc $BA = \frac{BO}{\cos 25°} = \frac{4}{\cos 25°} \approx 4{,}41$.

b. Le périmètre du losange est 4 × BA soit environ 17,64.

c. D'après le théorème de Pythagore, $AB^2 = AO^2 + OB^2$ donc $AO^2 \approx 4{,}41^2 - 4^2 \approx 3{,}45$.
$AO \approx \sqrt{3{,}45} \approx 1{,}86$. Par suite, $AC \approx 2 \times 1{,}86 \approx 3{,}72$.

Explication
Pour **a.** et **c.**, on se place dans le triangle AOB. Ce triangle est rectangle en O car les diagonales d'un losange sont perpendiculaires.

21 Translater une figure

> p. 46

infos parents

L'objectif de ce chapitre est de se familiariser avec les transformations géométriques. Après les symétries étudiées en Sixième et en Cinquième, on aborde ici les translations.

C'est par l'observation et la réalisation de dessins que ces notions prennent corps. Une fois qu'on les connaît, on ne regarde plus comme avant les frises et les pavages.

1 **a.**

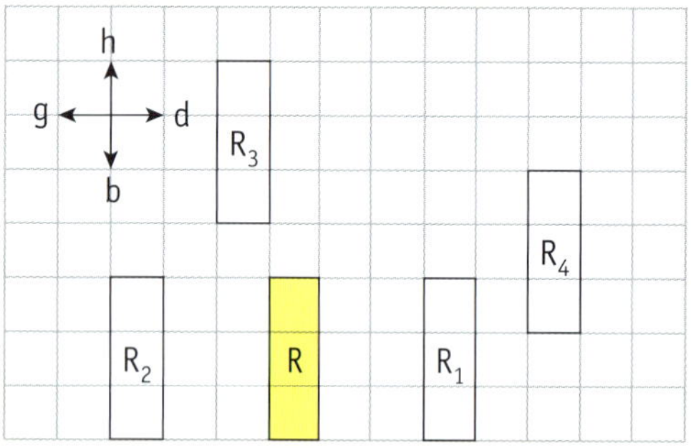

b. On passe de R_2 à R_4 par la translation 8d + 2h (ou 2h + 8d).

On passe de R_4 à R par la translation 5g + 2b (ou 2b + 5g).

On passe de R_1 à R_3 par la translation 4g + 4h (ou 4h + 4g).

2

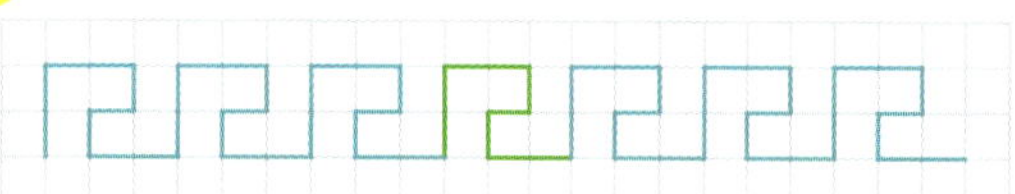

3 **a.** On passe d'un motif à son voisin de droite par la translation 4d ; et à son voisin de gauche par la translation 4g.

b.

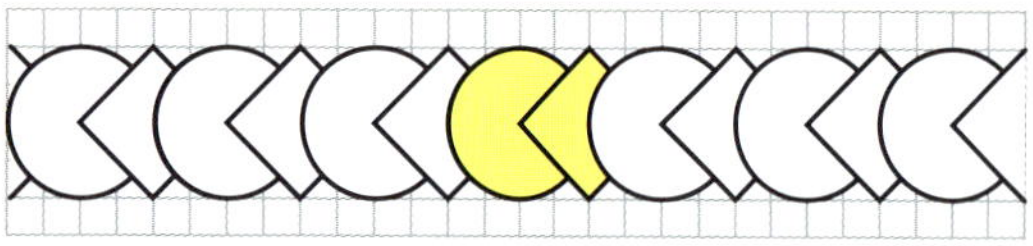

4 Les carreaux sont désignés par des lettres.

a.

On passe de	A à H	L à S	P à J
par la translation	2d + b	2d + b	4d + 2h

On passe de	E à U	Y à A
par la translation	4g + 4b	4g + 4h

b.

Carreau initial	J	U	L	E	S
Translation	2g + h	4d + 4h	2d + b	4g	g
Carreau image	C	E	S	A	R

c.

Carreau initial	S	A	I	N	T
Translation	2g + h	4d + 2b	3g + 3b	h	g
Carreau image	L	O	U	I	S

5

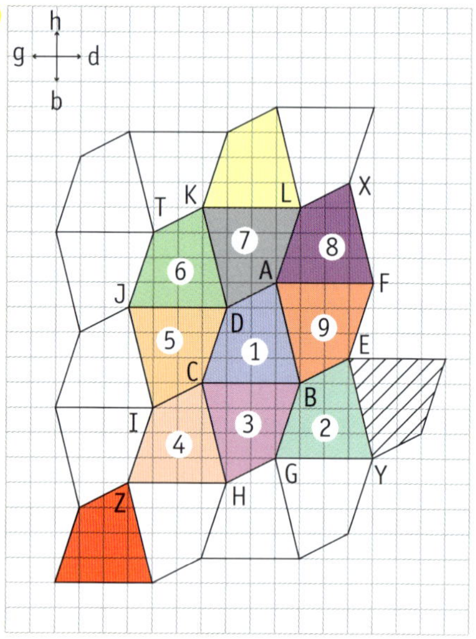

a. • L'image du pavé ① par la translation 3d + 4h est ⑧.

• Le pavé ③ est l'image du pavé ⑤ par la translation 3d + 3b.

• Le pavé ⑥ est l'image du pavé ② par la translation 6g + 6h.

b. c. Voir le dessin.

22 Agrandir et réduire une figure : constructions

> p. 48

infos parents

Il s'agit d'agrandir ou de réduire une figure en respectant sa forme : longueurs proportionnelles à celles de la figure d'origine et mêmes angles.

1

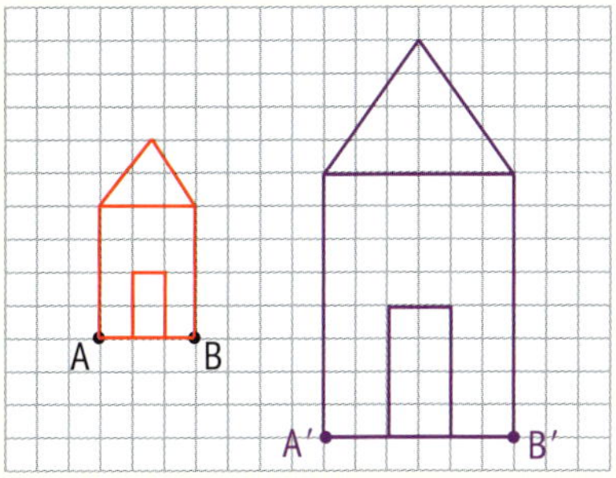

Explication

Toutes les longueurs sont multipliées par 2.

2

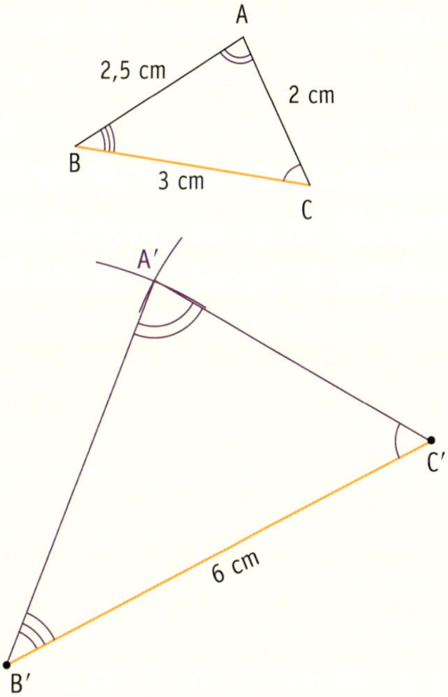

a. $B'C' = 6 = 2 \times 3 = 2$ BC. Donc, on doit multiplier les longueurs par 2.

b. Donc $A'B' = 2 \times 2{,}5 = 5$ cm. $A'C' = 2 \times 2 = 4$ cm.
D'où la construction de A′ à l'aide de la règle graduée et du compas.

c. Voir la figure.

3 L'angle observé mesure toujours 12° car un agrandissement (des longueurs) ne modifie pas les angles.

4 **a.**

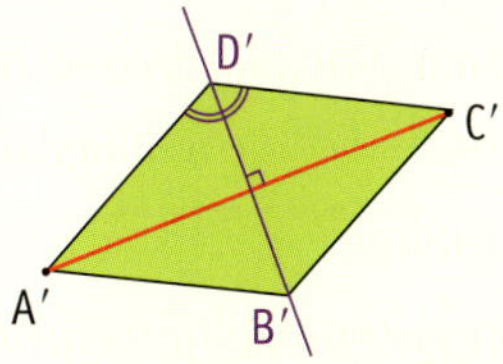

$A'C' = 6 \times 0{,}5 = 3$ cm. $B'D' = 3 \times 0{,}5 = 1{,}5$ cm.

b. $\widehat{ADC} = \widehat{A'D'C'}$ car une réduction ne modifie pas les angles.

5

Figure 1

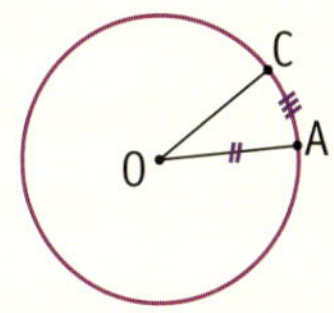

Figure 2

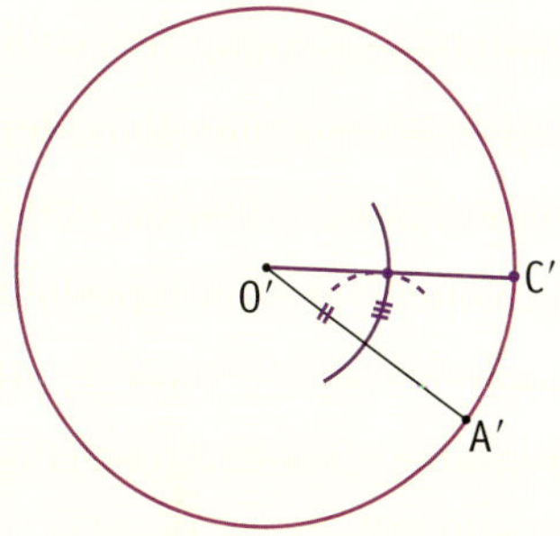

Il faut $\widehat{AOC} = \widehat{A'O'C'}$; on reporte donc l'angle $\widehat{AOC}$ à partir de [O′A′].

6 **a.** Aire du terrain : $100 \times 150 = 15\,000$ m^2.

b. Il serait tentant de diviser 15 000 par 200. Mais ce serait faux !
Soyons plus rigoureux.
Largeur du dessin : $100 \div 200 = 0{,}5$ m.
Longueur du dessin : $150 \div 200 = 0{,}75$ m.
Aire du terrain dessiné :
$0{,}5 \times 0{,}75 = 0{,}375$ m^2.

23 Agrandir et réduire une figure : calculs

> p. 50

infos parents

Lors d'un agrandissement ou d'une réduction, on multiplie les dimensions de la figure par un même nombre k positif.
Si $k > 1$, c'est un agrandissement.
Si $0 < k < 1$, c'est une réduction.
De plus, on a des relations simples entre les aires (et les volumes) d'une figure et de son image agrandie ou réduite.

1

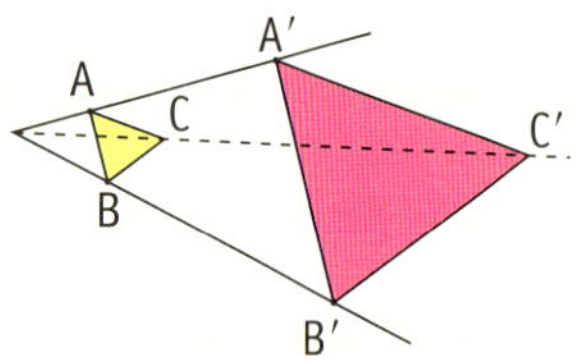

$A'B' = 4 \times AB$ et $AC = \frac{1}{4} \times A'C'$

Explication

Il suffit de remarquer que $4^2 = 16$.

2

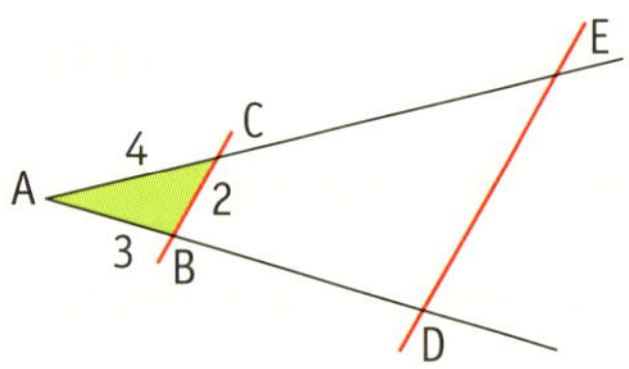

Hypothèses : (BC) // (DE) et AD = 9.

a. D'après le théorème de Thalès, on a $\frac{AC}{AE} = \frac{AB}{AD}$.

Donc $\frac{4}{AE} = \frac{3}{9} = \frac{1}{3}$ donc AE = 12.

De même, $\frac{BC}{ED} = \frac{1}{3}$ d'où $\frac{2}{ED} = \frac{1}{3}$, donc ED = 6.

Remarque : on a utilisé l'égalité des produits en croix pour calculer AE et ED.

b. On a $ED = 3 \times BC$ puis $AE = 3 \times AC$ et $AD = 3 \times AB$.
Donc on obtient les dimensions du triangle ADE en multipliant celles de ABC par 3.
Donc ADE est un agrandissement de ABC.

3

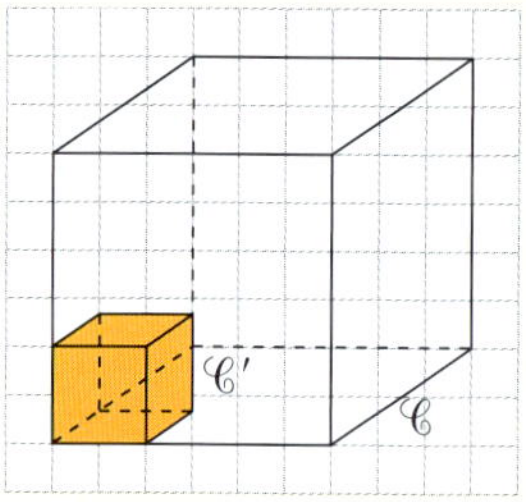

a. Le quadrillage montre que les dimensions de 𝒞' sont celles de 𝒞 multipliées par $\frac{1}{3}$.

b. L'aire d'une face de 𝒞' est l'aire d'une face de 𝒞 multipliée par $\left(\frac{1}{3}\right)^2 = \frac{1}{9}$.

c. Volume (𝒞') $= \frac{1}{27} \times$ Volume (𝒞).

4 **a.** Rapport d'agrandissement : $\frac{231}{105} = 2{,}2$.

Hauteur : $66 \times 2{,}2 = 145{,}2$ m.

Remarque : en réalité, la pyramide de Khéops a été raccourcie d'une bonne dizaine de mètres par l'érosion.

b. Comme $2{,}2^3 = 10{,}648$, alors l'affirmation est vraie.

Explication

(k, k^2, k^3), voilà une propriété bien commode !

c. Volume (Khéops) : $\frac{231^2 \times 145{,}2}{3} = 2\,582\,672{,}4$ m^3.

Volume (Mykérinos) $= \frac{105^2 \times 66}{3} = 242\,550$ m^3.

Volume (Khéops) = Volume (Mykérinos) $\times 10{,}648$.

24 Mesurer les pyramides et les cônes

> p. 52

infos parents

Les pyramides sont très appréciées par les pharaons d'Égypte et les architectes contemporains qui s'intéressent aussi aux cônes.
On apprend ici à les décrire, à les dessiner et à calculer leur volume.

1

h	7	5	11
B	15	21	39
V	35	35	143

Explication

Rappel : $V = \frac{1}{3} \times B \times h$.

Exemple pour la 3e colonne : $143 = \frac{1}{3} \times 39 \times h = 13\,h$
donc $h = 143 \div 13 = 11$.

2 **a.** 18 sommets : ceux de la base et un autre.
34 arêtes : les côtés de la base et les arêtes latérales (en nombre égal).
17 faces latérales, autant que le nombre de côtés de la base.
b. La base a 29 côtés. Il y a 29 faces latérales.

3 **a.** $V = 6^3 = 216$. Le volume du cube est 216 cm^3.
b. $V = \frac{1}{3} \times B \times h = \frac{1}{3} \times 6^2 \times 6 = 72$
Le volume de la pyramide est 72 cm^3.

Explication
La base de la pyramide HELAS est le carré SALE. La hauteur est l'arête [EH].

4 **a.**

r	*d*	*h*	*a*	volume
5 cm	10 cm	8 cm	9,43 cm	209,44 cm^3
3 cm	6 cm	6 cm	6,71 cm	56,55 cm^3
12 cm	24 cm	35 cm	37 cm	5 277,88 cm^3

b. On a $a = 37$ cm et $r = 12$ cm. Donc, d'après le théorème de Pythagore : $h^2 = a^2 - r^2 = 37^2 - 12^2 = 1\,225$. Donc $h = \sqrt{1\,225} = 35$ cm.

5 Le rayon de la base du cylindre (et du cône) mesure $10 \div 2 = 5$ cm.
Le volume du cylindre est :
$V = 5^2 \times \pi \times 12 = 25 \times 12 \times \pi = 300\pi$.
Le volume du cône est :
$v = \frac{1}{3} \times 5^2 \times \pi \times 12 = \frac{1}{3} \times 25 \times 12 \times \pi = 100\pi$
donc $3v = V$. Il faut donc 3 cônes pour remplir le cylindre.
Ce résultat est général : pour le démontrer on doit travailler avec des lettres (la hauteur *h* et le rayon *r*).

6 La hauteur d'un cône mesure 5 cm.
Le volume d'un cône est $\frac{1}{3} \times \pi \times 3^2 \times 5$ soit 15π.
Le volume du sablier est donc 30π, soit environ 94,2 cm^3.

Remarque : le volume de sable est, au plus, égal à la moitié du volume du sablier.

25 Se repérer et construire dans l'espace

> p. 54

infos parents
Dans la première partie du chapitre, on s'initie au repérage dans l'espace : 3 axes gradués et un point origine sont alors nécessaires. Dans ces conditions, un point est défini par ses 3 coordonnées. Dans la seconde partie, on travaille sur les patrons de pyramides et de cônes, ce qui permet de construire ces solides.

1 **a.** A (1 ; 1 ; 1) ; B(2 ; 3 ; 4) ; D(1 ; 1 ; 3) ; E(1 ; 5 ; 1).
b. H(1 ; 0 ; 1) a une coordonnée nulle, R et T aussi ; U(1 ; 0 ; 0) a deux coordonnées nulles, S et C aussi.
c. K(1 ; 3 ; 4)
d. Voir le dessin.

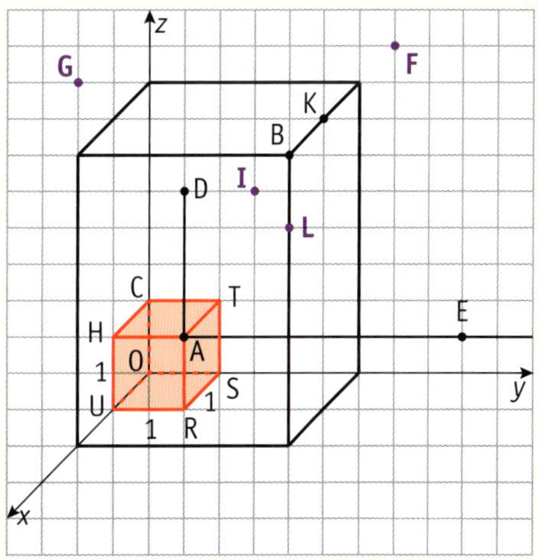

2 **a.** L(2 ; 3 ; 2) ; E(0 ; 0 ; 2) ; F(1 ; 3 ; 2)
b. Voir le dessin.
c. G(1 ; 0 ; 2)
d. Voir le dessin.

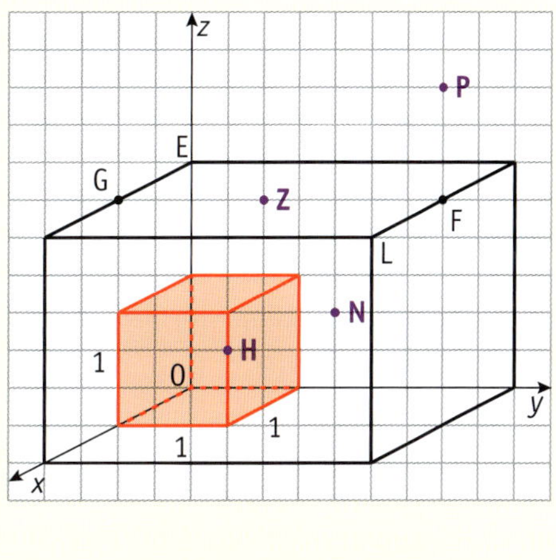

3

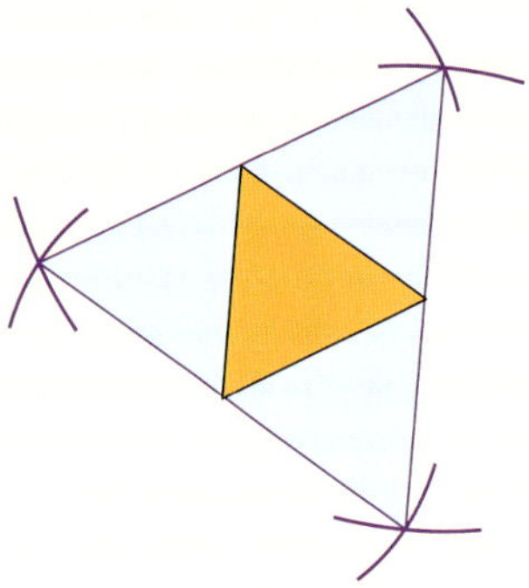

Ou bien :

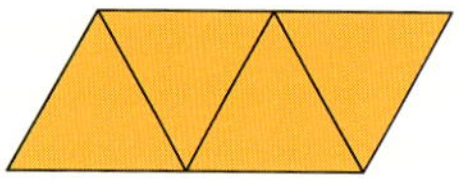

4 **a.** Le périmètre de base du cône est la longueur d'un cercle de 3 cm de rayon et vaut donc : $2\pi \times 3 = 6\pi$.

b. $\overset{\frown}{AB}$ est un quart de cercle de rayon *a*. $\overset{\frown}{AB}$ mesure donc $\frac{1}{4} \times 2\pi a$ soit $\frac{\pi a}{2}$.

c. On a : $\frac{\pi a}{2} = 6\pi$ soit $\frac{1}{2} \times \pi \times a = 6 \times \pi$

donc $\frac{1}{2} \times a = 6$ soit $a = 12$ cm.

Conseil

Il est préférable de garder la lettre π dans les calculs.

d. Pour reproduire le patron, on commence par la surface latérale.

26 Utiliser des grandeurs composées

> p. 56

infos parents

Les grandeurs permettent de quantifier des domaines divers, souvent issus des sciences physiques, mais pas uniquement. Après les grandeurs simples (longueur, masse, temps...), on peut aborder les grandeurs composées (vitesse, débit, masse volumique...). Ceci donne lieu à toutes sortes de raisonnements, de calculs et de manipulation d'unités.

1 102 m en 4 s, c'est 25,5 m/s.
Donc $25{,}5 \times 3\,600 = 91\,800$ m/h c'est-à-dire 91,800 km/h, qui est supérieur à 80 km/h.
Donc la vitesse limite de 80 km/h a été dépassée.

Explication

Il suffit de chercher la vitesse en m/s et de la convertir en km/h.

2 **a.** La durée de la course en heures :
$27 \times 24 + 4 = 652$ h.
La vitesse est donc : $5\,500 \div 652 \approx 8{,}44$ km/h.
b. La durée de la course en heures :
$16 \times 24 + 6 = 390$ h
La vitesse est donc : $5\,500 \div 390 \approx 14{,}10$ km/h.

3 6 000 km = 6 000 000 m.
À la vitesse de 2 m par siècle, il faut 3 000 000 de siècles pour faire cette distance. Voilà donc 300 millions d'années que l'aventure aurait commencé !

4 $2{,}5$ L/s $= 2{,}5 \times 60$ L/min $= 150$ L/min
$= 1{,}5$ hL/min.

5 **a.** Le débit moyen de la Seine est :
$30\,000 \div 60 = 500$ soit 500 m^3/s.
b. En 1 h, il s'écoule : $30\,000 \times 60 = 1\,800\,000$ m^3.
En 1 jour, il s'écoule :
$1\,800\,000 \times 24 = 43\,200\,000$ m^3.

6 Le nombre de tours par seconde est :
$6\,900 \div 60 = 115$ t/s.

7 0,58 kg = 580 g. Donc la masse volumique du cuivre en g/cm^3 est $580 \div 65 \approx 8{,}9$ g/cm^3, à 0,1 g/cm^3 près.

8 Consommation électrique en Wh :
$(6 \times 10 \times 5) + (2 \times 2\,100) + (600 \times 8)$
$= 300 + 4\,200 + 4\,800 = 9\,300$ Wh, soit 9,3 kWh.

9 Quantité de travail en hommes × années :
$(25 \times 2) + (10 \times 3{,}5) + (34 \times 0{,}5) = 50 + 35 + 17$
$= 102$ hommes × années.

27 Découvrir l'algorithmique et la programmation

> p. 58

infos parents

En classe de Cinquième, ont été vues la notion de suite d'instructions et celle de variables.
La découverte des algorithmes se poursuit avec une notion primordiale : les boucles.
Au cours de cette étude, nous découvrirons plusieurs façons d'interrompre le déroulement d'une boucle.

1 **a.** Afin d'éviter les conflits, effacer le programme P1 avant d'exécuter le programme P2.
b. Les instructions du bloc jaune sont répétées 10 fois.
c. Il suffit de remplacer 10 par 1.

2 **b.** P4 n'est pas le même programme que P3 car l'instruction « dire FIN pendant 1 secondes » est répétée 100 fois.
c. Environ 100 secondes.

3 **a.** Avec ce nouveau programme, le lutin ne rebondit pas perpendiculairement aux bords. C'est moins monotone.
b. Au début du programme, on insère l'instruction « demander **angle** = et attendre ».
Et on remplace « 37 » par « *réponse* ».

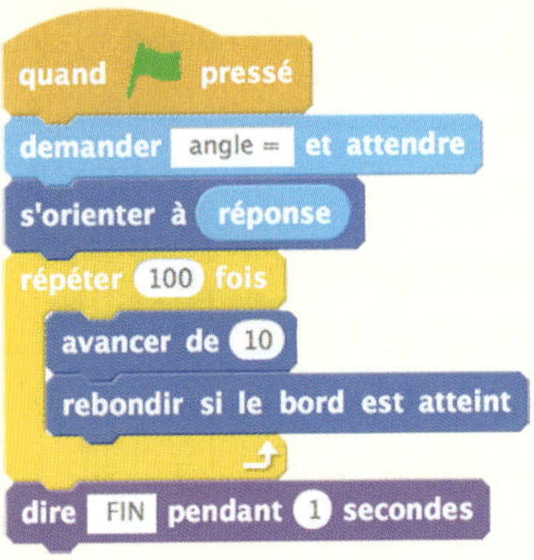

4 **b.** Ce programme calcule les 10 premiers multiples de 13.
c. Au début du programme, on insère les instructions :
« demander **nombre de multiples =** et attendre »
« mettre *n* à *réponse* »
Dans la boucle, on remplace « répéter **10** fois » par « répéter *n* fois ».

d. On procède comme à la question **c.** précédente. Et dans la boucle, il faut remplacer « *M* + 13 » par « *M* + *a* ». Finalement, on obtient un programme comme ci-dessous :

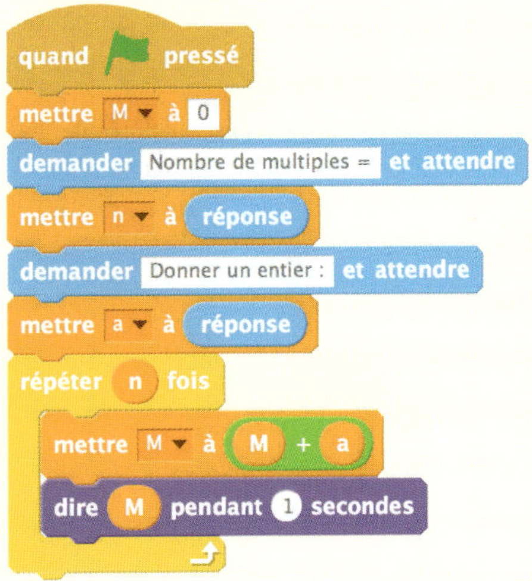

5 Il y a plusieurs choses à faire :
- au début, demander le nombre de puissances (et pas de multiples) ;
- avant la boucle, remplacer l'instruction « mettre *M* à 0 » par « mettre *M* à 1 » ;
- dans la boucle, remplacer « *M* + *a* » par « *M* * *a* ».

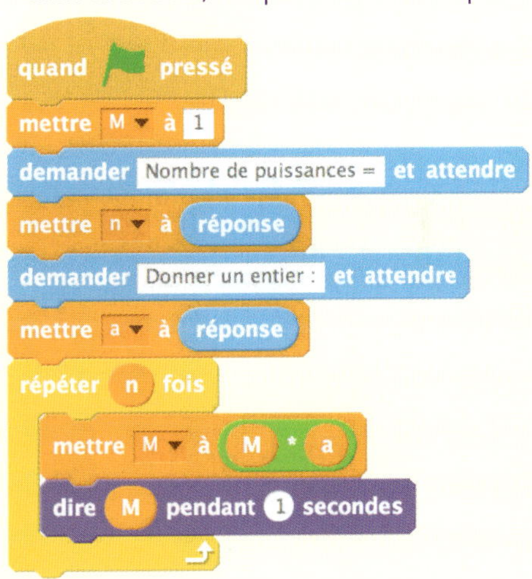

6 **a.** Le lutin avance, rebondit, tourne indéfiniment. Penser à le stopper.
b. Le lutin voit sa taille augmenter et devient si gros qu'il ne peut plus tourner. De grâce, ne torturez pas ce gentil lutin !

7 **a.** 34 ; 55 et 89 car, à partir du terme 2, chaque terme est la somme des deux précédents.
b. Les nombres de Fibonacci sont « fabriqués » dans la variable *c*.
c. Avant la boucle, insérer l'instruction « demander Nombre de termes = et attendre », puis, en tête de boucle, remplacer « 10 » par « *réponse* ».

8 **a.** On utilise une boucle :

On constate que les nombres de Fibonacci augmentent très vite.

Explication
On met *c* à 0 pour être sûr qu'il soit inférieur à 100 000. À défaut, le programme pourrait s'arrêter avant de commencer.

b. On utilise une boucle :

On arrête la boucle en pressant la barre d'espace.

28 Programmer une figure

> p. 60

infos parents
En application des notions d'algorithmique étudiées au chapitre précédent, nous allons apprendre à dessiner des figures (géométriques et décoratives) à l'aide du logiciel Scratch.

1 **a.** Périmètre du triangle : $3 \times 100 = 300$.
b. En début de programme, on insère :
« demander **Côté du triangle =** et attendre ».
Et, dans la boucle, on remplace « avancer de **100** » par « avancer de *réponse* ».

Explication
Il peut sembler étrange de tourner de 120° alors que les angles du triangle mesurent 60°. Le schéma suivant explique pourquoi.

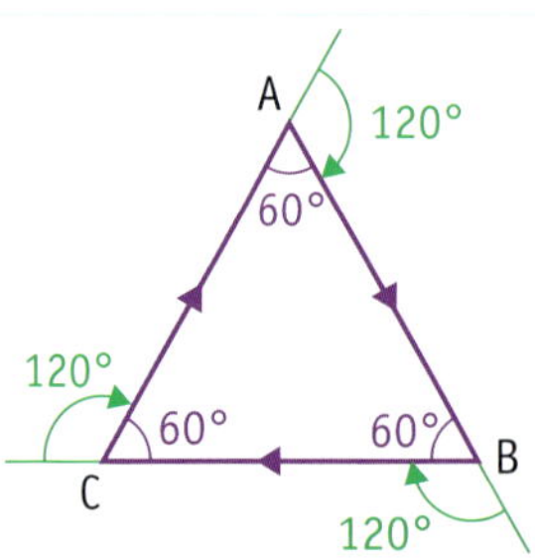

2 **a.** Dans un carré, deux côtés consécutifs sont perpendiculaires et de même longueur.
b. D'une part, la boucle doit être répétée 4 fois au lieu de 3.
D'autre part, il faut tourner de 90° au lieu de 120°.
c. Programme modifié pour donner aussi le périmètre du carré :

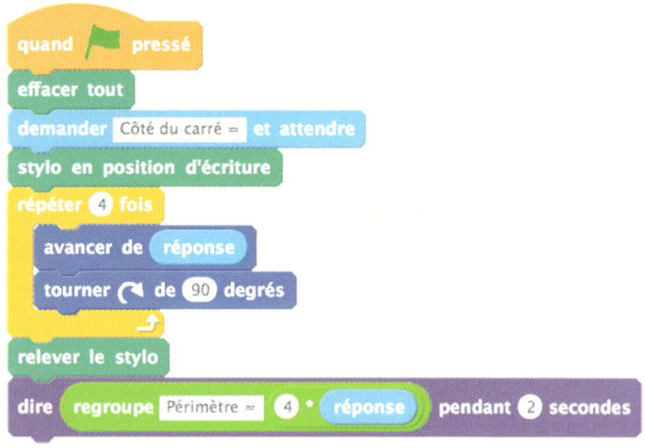

On peut aussi créer une variable *p* et terminer par les deux instructions :

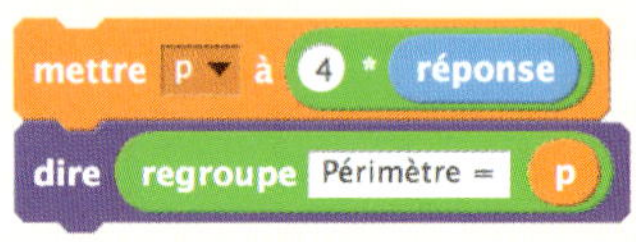

3 **a.** Un angle plat mesure 180° et un angle plein mesure 360°.
b. Ce programme trace un cercle en partant vers la droite depuis le point de coordonnées (0 ; 100).
Pour mieux apprécier la construction, il est intéressant de choisir l'arrière-plan de scène qui se nomme xy-grid et se trouve classé tout à fait à la fin de la bibliothèque des arrière-plans de Scratch.
Cet arrière-plan fournit deux axes gradués qui permettent de voir les coordonnées des points dessinés.
c. Le rayon est $\dfrac{360}{2\pi} \approx 57{,}3$.
(Donc le diamètre est proche de 114 et on peut observer que le cercle passe un peu en dessous de l'origine du repère.)
d. Si on fait 360 pas de longueur 2, le périmètre du cercle est $360 \times 2 = 720$ et donc le rayon est :
$\dfrac{720}{2\pi} \approx 114{,}6$.
En dessinant ce nouveau cercle sans avoir effacé le précédent, on mesure bien l'effet de la modification du programme.

4 **a.** À chaque tiers de tour, le côté du « triangle » augmente de 10.
b. Au début, $c = 10$. Puis on ajoute 30 fois 10 à c.
Donc, en fin d'exécution, $c = 10 + 30 \times 10 = 310$.
c. On doit mettre la seconde instruction dans la boucle afin que la couleur change 30 fois.

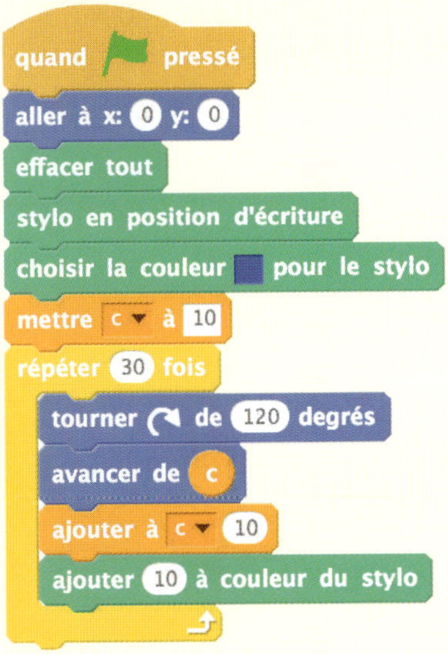

5 Il suffit de remplacer 120° par 90°.

6 **a.** Ce programme trace 6 tiers de cercle (car chaque tour de boucle trace 120 pas et non 360).
Les segments tracés augmentent de 0,5 quand on passe d'un tiers de cercle au suivant. Donc les rayons augmentent aussi. C'est pour cela que la courbe s'éloigne de son « centre » et prend la forme d'une spirale.
b. La valeur initiale de c est 0. Puis cette variable est augmentée 6 fois de 0,5. Sa valeur finale est donc 3.

7 **a.** Voici ce que donne le programme :

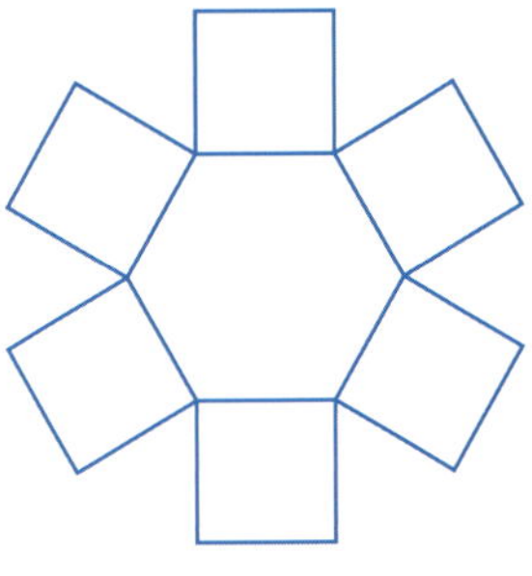

b. Pour l'instruction 1, remplacer 150 par 180.
Pour l'instruction 2, remplacer 90 par 120.
Pour l'instruction 3, remplacer 4 par 3.
Pour l'instruction 4, remplacer 90 par 120.

Bilan : vers la 3e

> p. 62

1 **1.** La notation scientifique est $2{,}018 \times 10^3$. Donc la bonne réponse est **c**.
2. $\left(\frac{5}{2}+\frac{4}{3}\right)\times\left(\frac{5}{6}-\frac{1}{2}\right)=\left(\frac{15}{6}+\frac{8}{6}\right)\times\left(\frac{5}{6}-\frac{3}{6}\right)=\frac{23}{6}\times\frac{2}{6}$
$=\frac{23}{6}\times\frac{1}{3}=\frac{23}{6\times 3}=\frac{23}{18}$. Donc la bonne réponse est **a**.
3. $3(2x+y)-4(x-2y)=3\times 2x+3\times y-4x+8y$
$=6x-4x+3y+8y=2x+11y$. Donc la bonne réponse est **b**.
4. La bonne réponse est **c**.
5. $\frac{91\times 7}{49}=\frac{91\times 7}{7\times 7}=\frac{91}{7}=13$. Donc la bonne réponse est **a**.

2 **1.** Soit x le plus petit.
Alors $x+(x+1)+(x+2)+(x+3)=8\,074$
donc $4x+6=8\,074$. D'où $4x=8\,074-6$.
Soit $4x=8\,068$. Donc $x=8\,068\div 4$. Soit $x=2\,017$.
2. Soit x le prix de la perceuse. Celui d'une batterie est $x\div 2{,}5$. D'où $x+(x\div 2{,}5)\times 2=459$.
Donc $x+x\times\frac{2}{2{,}5}=459$ donc $x+0{,}8x=459$.
Soit $1{,}8x=459$, d'où $x=\frac{459}{1{,}8}=255$. La perceuse coûte donc 255 €.
3. Soit x la valeur cherchée.
Alors : $\frac{7\times 3+2\times 4+8\times 6+3x}{7+2+8+3}=4{,}15$
soit $\frac{21+8+48+3x}{20}=4{,}15$ d'où $\frac{77+3x}{20}=4{,}15$.
Soit $77+3x=20\times 4{,}15$ d'où $77+3x=83$ d'où $3x=6$ et donc $x=6\div 3=2$.

3

3^7	3^0	3^5
3^2	3^4	3^6
3^3	3^8	3^1

10^2	10^9	10^4
10^7	10^5	10^3
10^6	10^1	10^8

$(-1)^3$	$(-1)^2$	$(-1)^7$
$(-1)^8$	$(-1)^4$	$(-1)^0$
$(-1)^1$	$(-1)^6$	$(-1)^5$

4 **1.**

Temps (h)	1,5	4	3,5	2,5	0,5
Distance (km)	126	336	294	210	42

En 1,5 h, le véhicule parcourt $84 \times 1,5 = 126$ km. Pour 294 km, le temps vaut : $294 \div 84 = 3,5$ h. Même raisonnement pour les autres valeurs.

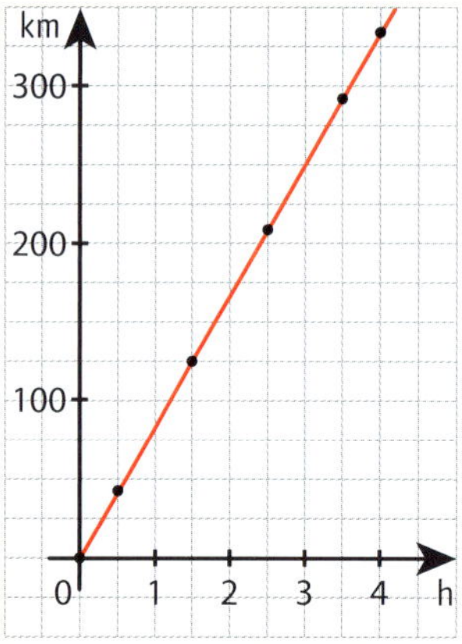

2. Voir ci-contre.

3. Les points du graphique sont sur une droite passant par l'origine.

4. En une seconde le véhicule parcourt $84\,000 \div 3\,600 \approx 23,33$ m/s.

5 En 2023, il y a 365 j, le nombre de cas possibles est 365.

1. En août, il y a 31 j, donc 31 cas favorables donc la probabilité est $\frac{31}{365}$.

2. Février 2023 s'arrête le 28. L'événement est impossible. Sa probabilité est nulle.

3. Un seul cas favorable, donc la probabilité est $\frac{1}{365}$.

4. Il y a 12 premiers jours dans l'année, la probabilité est $\frac{12}{365}$.

6 **1.** 1er cas : l'hypoténuse est inconnue et si on la note h, le théorème de Pythagore donne $h^2 = 5^2 + 12^2$ soit $h^2 = 169$, donc $h = \sqrt{169} = 13$ cm.

2e cas : l'hypoténuse mesure 12 cm et si on note x le côté inconnu, on écrit $12^2 = x^2 + 5^2$, soit $x^2 = 12^2 - 5^2$, donc $x^2 = 119$, donc $x = \sqrt{119}$, soit environ 10,9 cm.

2. a. On applique le théorème de Pythagore à AHB. $AB^2 = 12^2 + 9^2 = 225$. Soit $AB = \sqrt{225} = 15$ cm.

b. On applique le théorème de Pythagore dans ACH. $CH^2 = 13^2 - 12^2 = 25$. Donc $CH = \sqrt{25} = 5$ cm.
D'où périmètre $= 13 + (5 + 9) + 15 = 42$ cm.

c. Aire $= 12 \times (5 + 9) \div 2 = 84$ cm^2.

3. a. Dans le triangle AHS on a : $AS^2 = 8^2 + 6^2 = 100$.
Donc $AS = \sqrt{100} = 10$. Donc $\cos(\hat{a}) = 8 \div 10 = 0,8$ et $\hat{a} \approx 36,9°$.

b. Volume du cône $= \frac{1}{3}\pi \times 6^2 \times 8 = 96\pi \approx 301,59$ cm^3.

7 • **Première solution**

Le côté de B est $\sqrt{324} = 18$ cm.

Donc le côté de A est $18 \div 4 = 4,5$ cm.

• **Seconde solution**

L'aire de A est $324 \div (4^2) = 20,25$ cm^2.

Donc le côté de A est $\sqrt{20,25} = 4,5$ cm.

8 **1.** On a défini les variables a et c.

2.

3. À la fin de l'exécution $a = 119$ et $c = 155$.
En effet, on a effectué la boucle 50 fois et donc $a = 120° - 50 \times 0,02 = 119°$ et $c = 5 + 50 \times 3 = 155$.

Comment calculer le quatrième nombre dans un tableau de proportionnalité ?

- Quand on sait qu'un tableau de 4 nombres est de proportionnalité, on peut, connaissant 3 nombres, trouver le quatrième nombre grâce aux produits en croix.

Ce quatrième nombre est appelé **4e proportionnelle**.

Exemple : 5 chemises coûtent 81,50 €, combien coûtent 3 chemises ?

On a le tableau :

5	3
81,5	x

donc $5 \times x = 3 \times 81{,}5 = 244{,}5$

donc $x = 244{,}5 \div 5 = 48{,}9$

3 chemises coûtent donc 48,90 €.

3 Calcul de la quatrième proportionnelle

Complète les tableaux de proportionnalité suivants.

COUP DE POUCE

Appelle x le nombre manquant et utilise les produits en croix.

a.

15	
6	18

....

b.

25	15
10	

....

c.

	4,5
7	30

....

d.

3,2	16
	5,4

....

4 Locations

Le roi Dagobert loue une Renault durant 3 jours pour 130 € tandis que son ministre, le Grand Saint-Éloi, loue la même voiture pendant 5 jours pour 210 €.

a. Est-on en situation de proportionnalité ?

....

b. Qui paie le plus à la journée ?

....

COUP DE POUCE

a. Autrement dit, le tableau suivant est-il de proportionnalité ?

Jours	3	5
Prix (en €)	130	210

5 De quoi devenir chèvre !

6 litres de lait de chèvre coûtent 6,48 €, combien coûtent 15 litres ?

....

....

COUP DE POUCE

Complète le tableau.

Litres	6	
Prix (en €)		

6 Calculer un pourcentage

Dans une entreprise, sur 3 000 employés, il y a 1 200 femmes.

Quel est le pourcentage de femmes travaillant dans cette entreprise ?

....

....

CORRIGÉS P. 14

GESTION DE DONNÉES

15 Représenter une situation de proportionnalité

Comment représenter graphiquement un tableau de proportionnalité ?

Représentation graphique d'un tableau de proportionnalité

Soit le tableau de proportionnalité suivant.

1	2,5	4	6
1,5	3,75	6	9

× 1,5

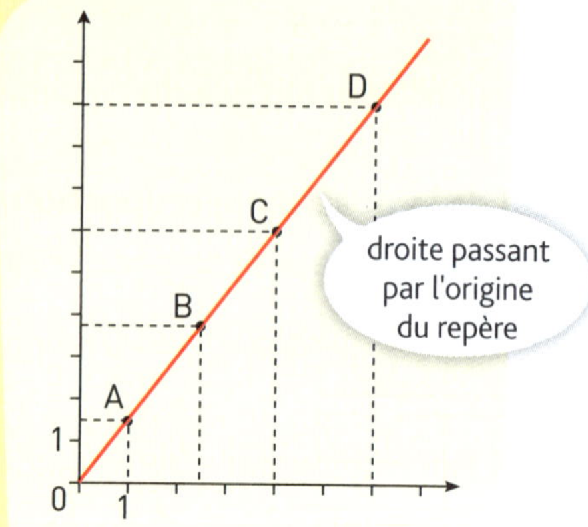

On constate que les points A(1 ; 1,5), B(2,5 ; 3,75), C(4 ; 6) et D(6 ; 9) sont **alignés** sur une droite passant par l'origine du repère.

Remarque : Il en est de même avec tout tableau de proportionnalité.

Et réciproquement

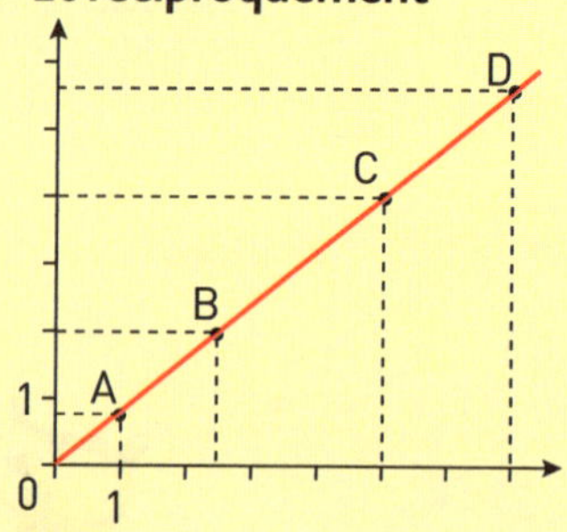

Les points A(1 ; 0,8), B(2,5 ; 2), C(5 ; 4) et D(7 ; 5,6) sont alignés sur une droite passant par l'origine du repère.

Alors le tableau suivant est un tableau de **proportionnalité**.

1	2,5	5	7
0,8	2	4	5,6

× 0,8

1 Tableau et graphique (1)

a. Complète le tableau de proportionnalité suivant.

1,5	2	2,5		
0,9			1,8	3

× ...

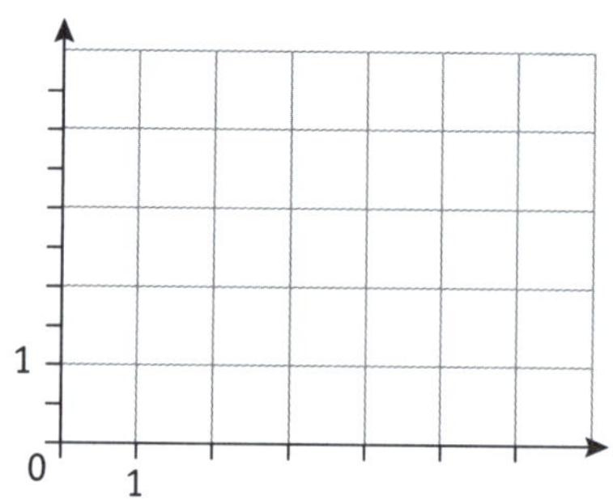

b. Marque sur le graphique ci-contre les points de coordonnées (1,5 ; 0,9), (2 ; ...), etc.

c. En traçant une certaine droite, constate que les points sont alignés avec l'origine.

COUP DE POUCE

Recherche d'abord le coefficient de proportionnalité.

2 Tableau et graphique (2)

Voici un tableau de nombres.

0,5	2	3,5	5	7
0,2	1	1,4	2	2,8

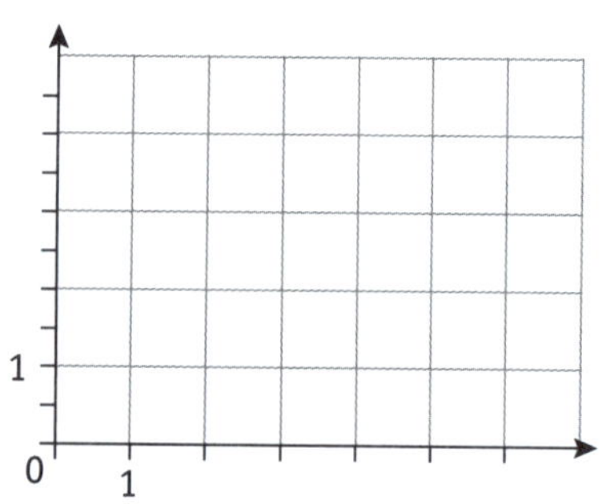

a. Marque sur le graphique ci-contre les points de coordonnées (0,5 ; 0,2), (2 ; 1), etc.

b. Le graphique montre que l'un des points n'est pas aligné avec les autres. Modifie son ordonnée pour obtenir un tableau de proportionnalité.

....

3 Ça réchauffe

On a apporté une bouteille d'eau glacée dans une pièce très chaude.
Le relevé des températures de l'eau a donné le graphique suivant.

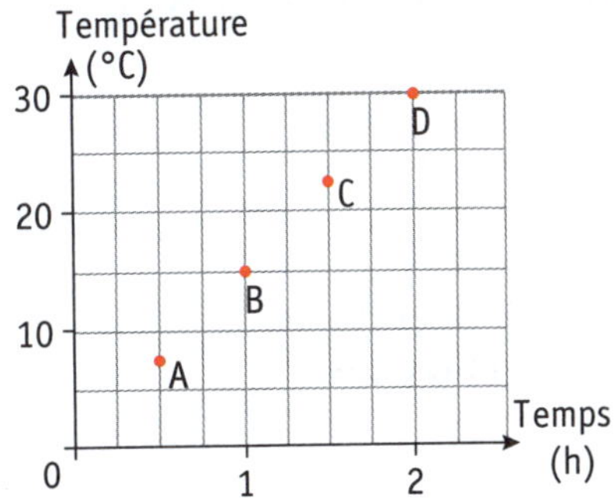

a. Complète le tableau suivant avec les coordonnées des points A, B, C et D.

	A	B	C	D
Heures				
Degrés				

b. Ce tableau est-il de proportionnalité ? Pourquoi ?

....

....

c. D'après le graphique, quelle était la température de l'eau quand on l'a amenée dans la pièce ? ....

COUP DE POUCE
b. Trace une certaine droite et conclus.

4 Location de vélo

Ce graphique représente le prix de location d'un vélo en fonction de la durée de location.

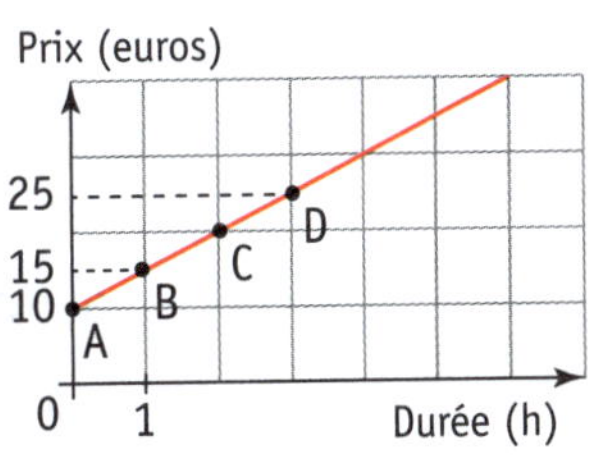

a. Complète le tableau suivant avec les coordonnées des points A, B, C et D.

	A	B	C	D
x				
y				

b. Ce tableau est-il de proportionnalité ? Pourquoi ?

....

c. Combien paierait-on pour 5 heures de location ? (Lis sur le graphique.)

....

COUP DE POUCE
b. Il y a deux arguments possibles.

5 Attention, chute de pierre

Le tableau suivant donne la distance parcourue par une pierre qui tombe en fonction de la durée.

Durée (en s)	0	2	4	5
Distance (en m)	0	20	80	125

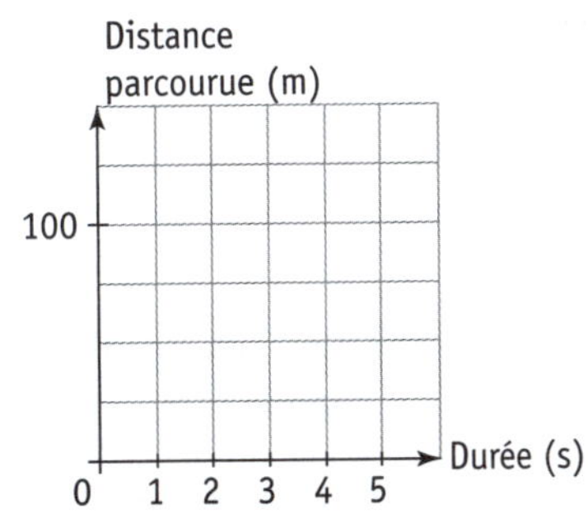

a. Marque sur le graphique ci-contre les points A(2 ; 20), B(4 ; 80), C(5 ; 125).

b. Le tableau est-il de proportionnalité ? Pourquoi ?

....

....

ATTENTION !
a. Sur l'axe vertical, un carreau représente 25 mètres.

CORRIGÉS P. 15

Connaître la notion de médiane statistique

Comment partager une population en deux moitiés ?

Exemple : Voici la répartition des notes d'un devoir donné dans la classe de 3ᵉ A.

Note	5	6	7	9	10	11	12	14	17	19
Effectif	1	1	4	5	1	2	3	1	4	2
Effectif cumulé	1	2	6	11	12	14	17	18	22	24

L'effectif de la classe est 24.

M_e

12 élèves ont moins de 10,5 — 12 élèves ont plus de 10,5

Une note **médiane** permet de séparer la classe en deux moitiés de même effectif.
On peut choisir 10,5 comme note médiane : $M_e = 10,5$.

1 Ne pas confondre

a. Calcule la moyenne des notes données dans l'exemple ci-dessus.

....

b. Cette moyenne peut-elle être une note médiane ? ....

COUP DE POUCE
a. C'est une moyenne pondérée par les effectifs.

2 Chiffres d'affaires

Voici les chiffres d'affaires quotidiens (en milliers d'euros) réalisés par un magasin, sur une période de 100 jours.

Chiffre d'affaires	1,3	1,4	1,6	1,8	1,9	2	2,1	2,2	2,3	2,5
Nombre de jours	3	9	13	12	6	7	5	20	15	10
Effectif cumulé										

a. Complète le tableau avec les effectifs cumulés.

b. Donne un chiffre d'affaires médian. ....

c. Calcule la moyenne des chiffres d'affaires. ....

Cette moyenne peut-elle être une valeur médiane ? ....

d. Est-il vrai que 50 % des chiffres d'affaires sont supérieurs à 2 milliers d'euros ? Justifie.

....

COUP DE POUCE
b. Observe l'exemple donné en haut de page.
Les effectifs cumulés aident à déterminer la médiane.

3 Inégalité

Dans une entreprise imaginaire, 9 travailleurs ont un salaire mensuel de 1 000 €, alors que le chef touche 11 000 € chaque mois.

a. Calcule le salaire moyen, puis détermine le salaire médian.

....

....

....

b. Laquelle de ces deux valeurs correspond au mieux à la situation de cette entreprise ?

....

4 Vitesse limitée

On a noté, chaque jour, le nombre de véhicules ayant dépassé la vitesse autorisée dans un village, sur une période de 12 jours :

11 ; 15 ; 20 ; 14 ; 16 ; 18 ; 11 ; 21 ; 13 ; 14 ; 16 ; 20.

Ainsi, le 1er jour 11 véhicules sont en infraction.

a. Complète le tableau en ordonnant par ordre croissant les valeurs données.

Nombre de véhicules	11	13						
Effectif	2	1						
Effectif cumulé	2	3						

b. Propose une valeur pour la médiane.

Médiane = ...

c. Calcule la moyenne de cette série.

....

....

d. Cette moyenne peut-elle être choisie comme médiane ?

....

....

5 À la fraîche

On a relevé à 8 h du matin, pendant plusieurs jours, les températures matinales au mois de juin.

a. Complète le tableau suivant.

Température (en °C)	9	11	12	13	15	17
Effectif	2	5	6	4	2	1
Effectif cumulé						

b. Calcule l'effectif total. ....

....

c. Calcule la température moyenne m :

m = ...

d. Pendant combien de jours la température a-t-elle été inférieure à m ? ....

m peut-elle être une valeur médiane ? ....

e. Propose une valeur médiane M_e.

M_e = ...

CORRIGÉS P. 16

Calculer ses chances

Qu'est-ce que la probabilité d'un événement ?

Introduction

- Dans un jeu de hasard, on distingue :
  - les **cas possibles** ou **éventualités** ;
  - et, parmi les cas possibles, les **cas favorables** qui constituent l'**événement** « gagner ».
- Si les éventualités sont **équiprobables**, alors la probabilité de gagner est égale à :

$$\frac{\text{nombre de cas favorables}}{\text{nombre de cas possibles}}$$

Exemple : En jetant un dé, il y a 6 cas possibles : 1 ; 2 ; 3 ; 4 ; 5 et 6.
L'**événement** « obtenir un nombre divisible par 3 » est constitué de 2 cas favorables : 3 et 6.
Sa probabilité est donc $\frac{2}{6} = \frac{1}{3}$.

- L'**événement contraire** est « obtenir un nombre **non** divisible par 3 ». Il est constitué des 4 éventualités : 1, 2, 4 et 5. Sa probabilité est donc $\frac{4}{6} = \frac{2}{3}$.

> Lorsque deux événements sont contraires, la somme de leurs probabilités est égale à 1.

Propriétés des probabilités

- La probabilité d'un événement est un **nombre compris entre 0 et 1**.

On peut l'exprimer par une fraction, un nombre décimal ou un pourcentage.

- Un événement est **certain** lorsque toutes les éventualités sont des cas favorables.

Sa probabilité est donc 1.

Exemple : Obtenir un nombre inférieur à 7 en jetant un dé cubique ordinaire.

- Un événement est **impossible** lorsqu'il n'y a aucun cas favorable.

Sa probabilité est donc 0.

Exemple : Obtenir un nombre supérieur à 7 en jetant un dé cubique.

1 Jets de dé

a. On jette un dé cubique ordinaire. Donne la liste des cas possibles.

....

b. On appelle A l'événement : « le résultat est pair ou multiple de 3 ».

Donne la liste des cas favorables. ....

Indique la probabilité de A sous forme d'une fraction réduite. ....

c. On appelle B l'événement : « le résultat n'est ni pair ni multiple de 3 ».

Donne la liste des cas favorables. ....

Indique la probabilité de B sous forme d'une fraction réduite. ....

d. Que peut-on dire des événements A et B ?

....

COUP DE POUCE

b. Le résultat « 6 » fait partie de l'événement A.

2 Sûr et certain

Un tiroir contient 10 chaussettes noires et 10 chaussettes blanches.
Léa prend 3 chaussettes au hasard.

a. Quelle est la probabilité qu'elle obtienne 2 chaussettes de la même couleur ?

....

b. Quelle est la probabilité qu'elle obtienne 3 chaussettes de couleurs différentes ?

....

c. Léa remet les chaussettes dans le tiroir et Léo en prend 11 au hasard.
Quelle est la probabilité qu'il obtienne au moins une chaussette noire et au moins une chaussette blanche ? ....

3 Tirages de cartes

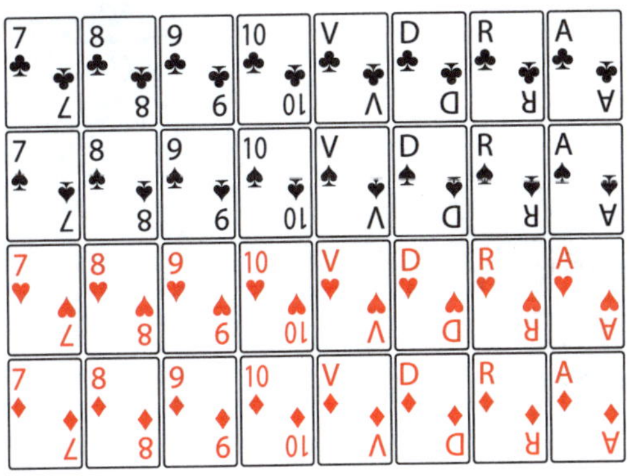

a. On tire une carte au hasard dans un jeu de 32 cartes. Quelle est la probabilité

de tirer un roi ? ....

Celle de tirer un cœur ? ....

Et celle de tirer un roi ou un cœur ? ....

b. Mêmes questions dans le cas où on aurait supprimé toutes les cartes noires du jeu.

....

....

COUP DE POUCE
Pour compter les éventualités, utilise le dessin (très simplifié) des cartes étalées.

4 Pile ou face

La valeur d'une pièce de monnaie est inscrite sur le côté Pile.
On jette simultanément une pièce de 50 centimes et une autre de 20 centimes.
Et l'on gagne la ou les pièces qui donnent Pile.
Le jeu se représente par un tableau qui montre quatre éventualités.

Pièce de 50 c / Pièce de 20 c	Pile	Face
Pile		
Face		

Pièce de 50 c / Pièce de 20 c	Pile	Face
Pile		
Face		

a. Inscris dans le premier tableau les gains correspondant à chaque éventualité.

b. Quelle est la probabilité de gagner au moins 50 centimes ? ....

c. L'organisateur du jeu fournit les pièces pour jouer mais il demande 50 centimes avant chaque partie. Inscris dans le second tableau les gains réels, c'est-à-dire mise déduite. Puis calcule la moyenne de ces gains. ....

....

COUP DE POUCE
c. On a ici besoin de nombres négatifs.

d. Pour qui ce jeu est-il avantageux : pour l'organisateur ou pour le joueur ?

....

CORRIGÉS P. 17

18

GÉOMÉTRIE ET MESURES

Connaître et utiliser le théorème de Pythagore

Qu'est-ce que le célèbre théorème de Pythagore ?

Théorème de Pythagore

Si un triangle ABC est rectangle en A alors $BC^2 = AB^2 + AC^2$.

On dit que le carré de l'hypoténuse est égal à la somme des carrés des deux autres côtés.

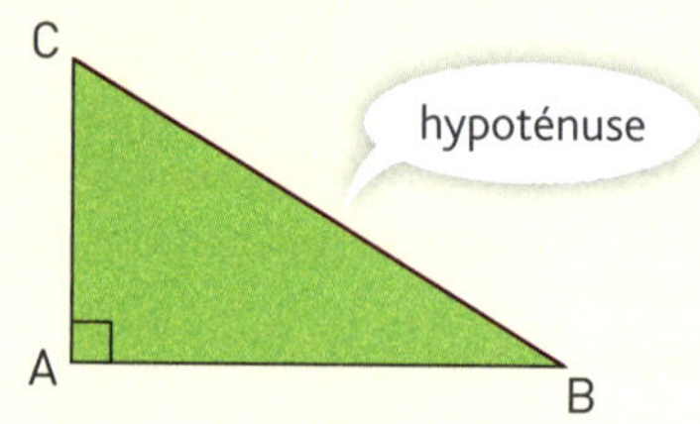

Réciproquement :

Si dans un triangle ABC, on a la relation $BC^2 = AB^2 + AC^2$ alors ABC est rectangle en A.

Racine carrée et tableau de carrés

Définition : La racine carrée d'un nombre positif *a* est le nombre positif dont le carré est *a*. On la note $\sqrt{a}$.

Exemples : $\sqrt{9} = 3$; $\sqrt{25} = 5$; $\sqrt{1} = 1$; $\sqrt{2} \approx 1{,}4$ en utilisant la touche $\sqrt{\ }$.

Le **tableau de carrés** suivant permet de trouver des racines carrées.

n	0	1	2	3	4	5	6	7	8	9	10	11	12
n^2	0	1	4	9	16	25	36	49	64	81	100	121	144

Exemple : $\sqrt{81} = 9$ en lisant le tableau de bas en haut.

1 Calculs de longueurs

ATTENTION ! Les figures de l'exercice sont volontairement fausses.

a.

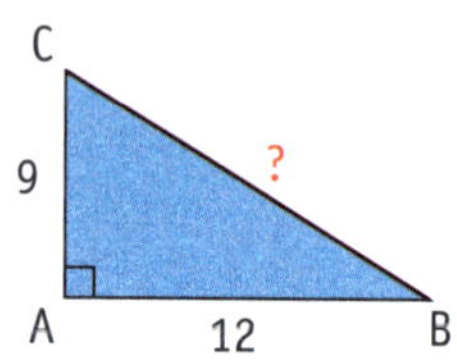

Calcule BC. ....

....

c.

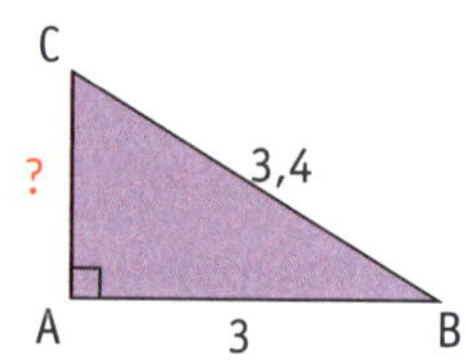

Calcule AC. ....

....

b.

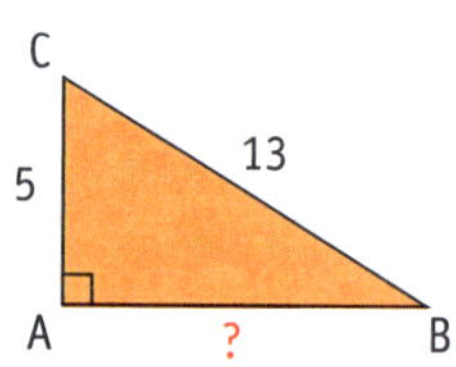

Calcule AB. ....

....

....

d.

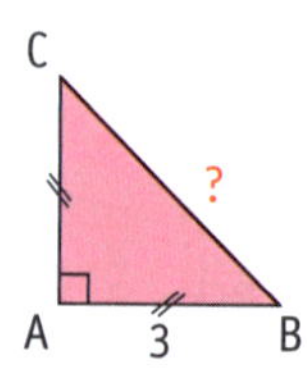

Calcule BC (à 0,01 près). ....

....

....

INFO
a. Connaissant BC^2, tu obtiens BC avec la touche $\sqrt{\ }$ de la calculatrice.

2 Rectangle ou non ?

Les triangles suivants sont-ils rectangles ? Justifie.

a.

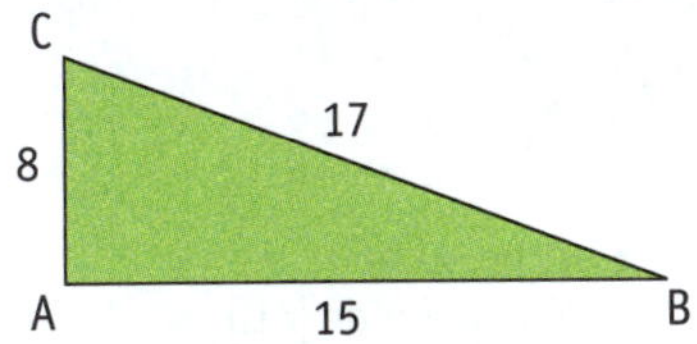

b.

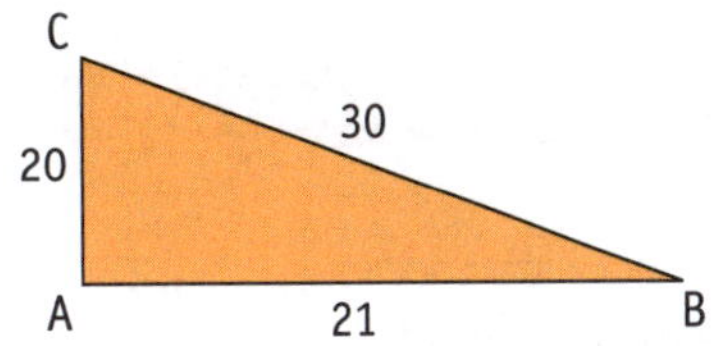

ATTENTION !
Les dessins ne sont pas à l'échelle.

3 Sur un quadrillage

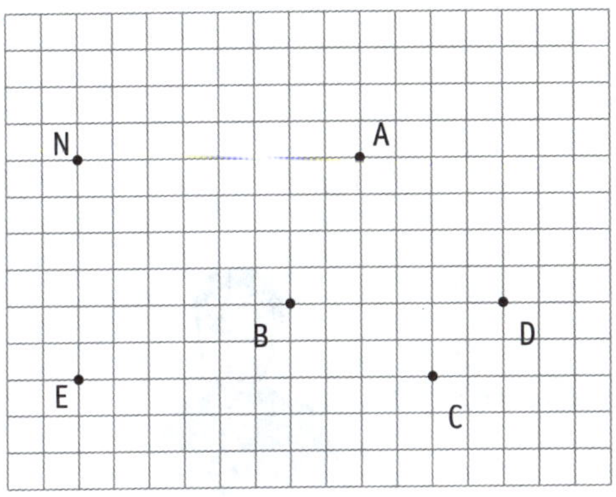

a. Calcule l'hypoténuse du triangle rectangle ANE :

b. Les triangles suivants sont-ils rectangles ? Justifie les réponses.

- ABC :

- ADC :

COUP DE POUCE
- Sur le quadrillage, la longueur du côté d'un petit carré est 1.
- Pour calculer les différentes longueurs, trace des triangles rectangles sur le quadrillage.

4 Calcul d'aire

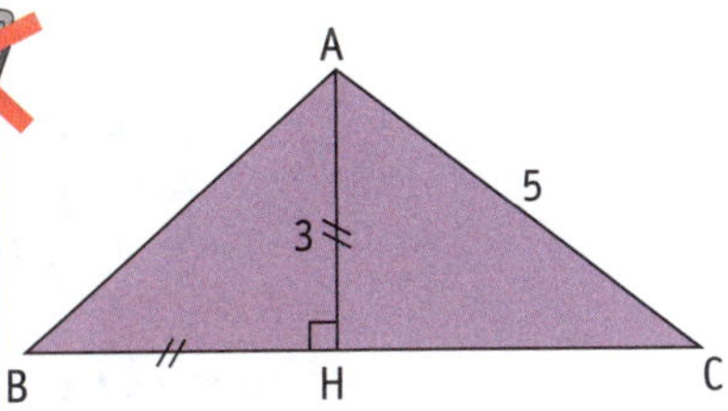

a. Calcule CH.

b. Calcule l'aire $\mathscr{A}$ du triangle ABC.

5 Dans un carré

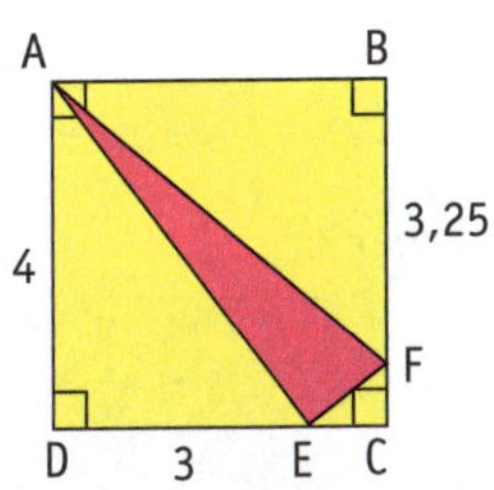

Hypothèses :
AB = BC = CD = DA = 4 ; DE = 3 ; BF = 3,25

a. $AE^2 =$

$AF^2 =$

$EF^2 =$

b. Le triangle AEF est-il rectangle ?

INFO
Pour savoir si deux nombres décimaux sont égaux, il faut garder toutes leurs décimales.

CORRIGÉS P. 18

Aborder le théorème de Thalès

Que nous apprend la propriété de Thalès ?

Propriété de Thalès

> Si les droites (EF) et (BC) sont parallèles,
> alors $\dfrac{AE}{AB} = \dfrac{AF}{AC} = \dfrac{EF}{BC}$.

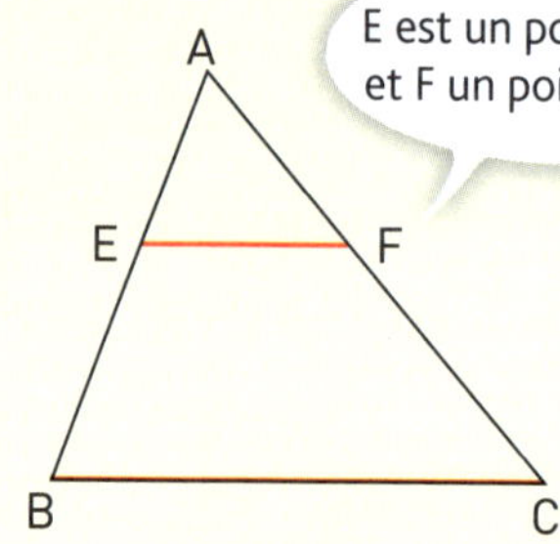

E est un point de [AB] et F un point de [AC].

Un exemple de calcul

Sachant que :
- (EF) // (BC)
- AE = 3
- AB = 5
- AC = 7

calculer AF.

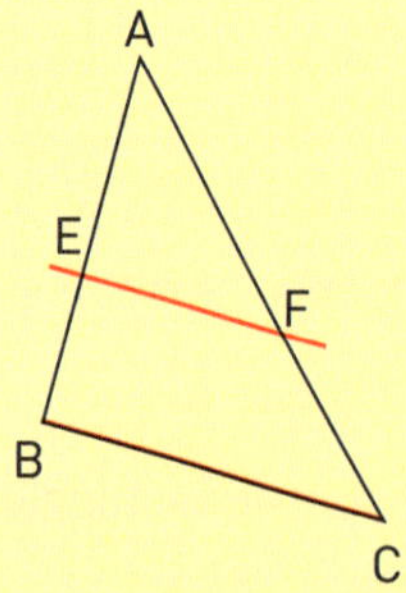

D'après la propriété de Thalès, on a :

$\dfrac{AE}{AB} = \dfrac{AF}{AC}$ et donc $\dfrac{3}{5} = \dfrac{AF}{7}$.

Avec les **produits en croix**, on obtient :
$3 \times 7 = 5 \times AF$.

D'où $AF = \dfrac{21}{5} = 4{,}2$.

Rappel (voir chapitre 14) :
Si $\dfrac{a}{b} = \dfrac{c}{d}$ alors $a \times d = b \times c$.
(Les produits en croix sont égaux.)

1 Dans un premier triangle

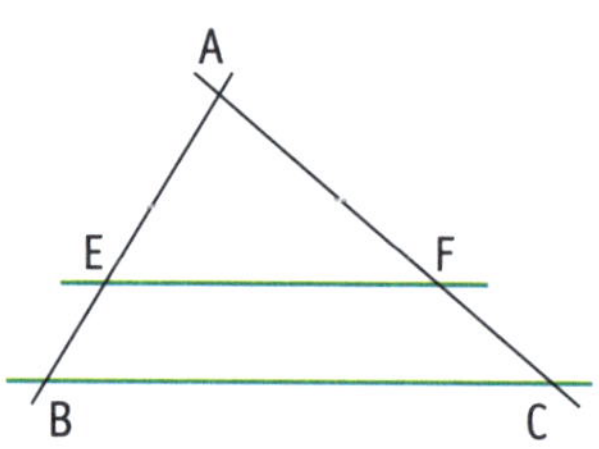

Hypothèses :
(EF) // (BC)
AF = 8
AC = 12
AB = 9
BC = 14

a. Calcule AE. ....

....

....

b. Calcule EF. ....

....

....

ATTENTION !
Exercices 1 et 2 : la figure n'est pas à l'échelle.

2 Dans un deuxième triangle

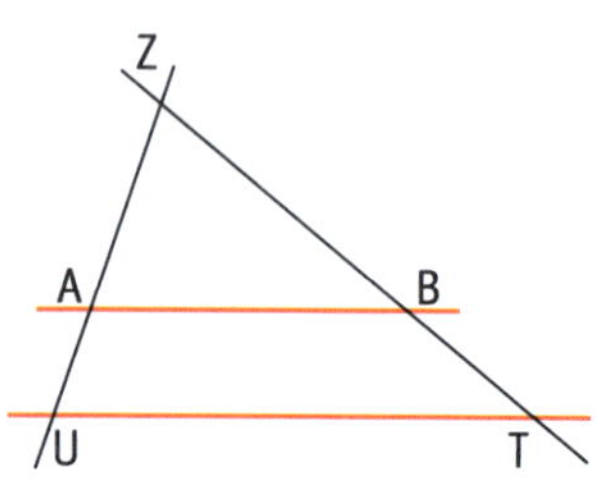

Hypothèses :
(AB) // (UT)
ZA = 2
ZU = 3
ZB = 3
AB = 3

a. Calcule ZT. ....

....

....

b. Calcule UT. ....

....

....

Quel est le théorème réciproque de Thalès ?

Théorème réciproque de Thalès

Si $\frac{AE}{AB} = \frac{AF}{AC}$ alors les droites (EF) et (BC) sont parallèles.

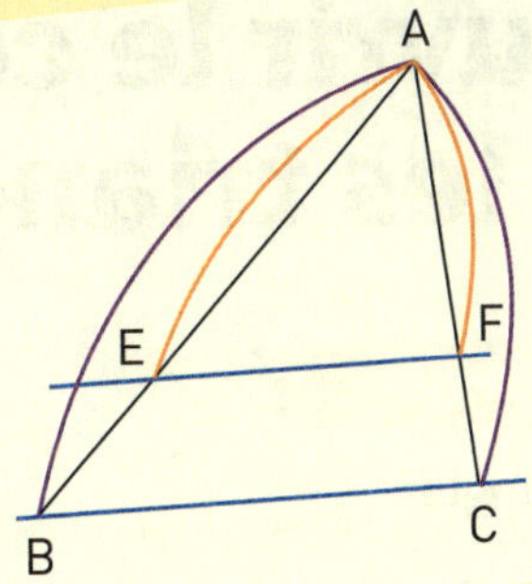

3 Dans un troisième triangle

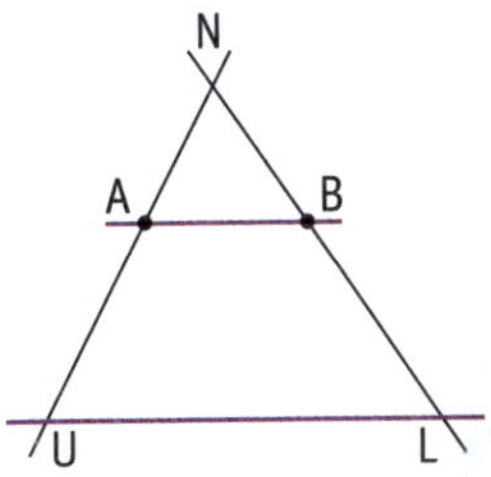

Hypothèses :
NA = 2
NU = 5
NB = 2,4
NL = 6

a. Calcule $\frac{NA}{NU}$. ....

b. Calcule $\frac{NB}{NL}$. ....

c. Démontre que les droites (AB) et (UL) sont parallèles.

....

4 Dans un parallélogramme

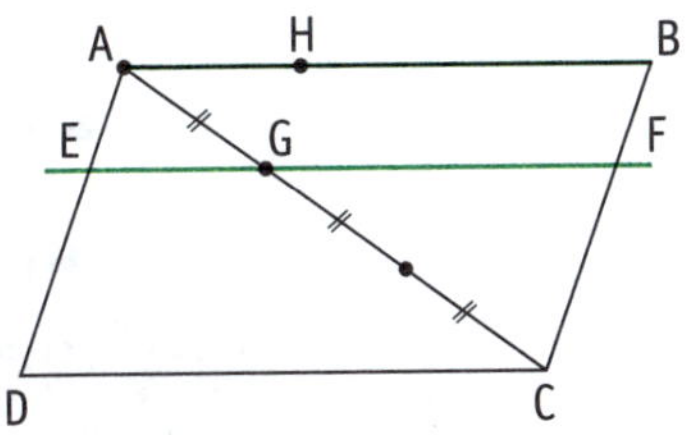

Hypothèses :
ABCD est un parallélogramme.
AB = 5 $AG = \frac{AC}{3}$ $AH = \frac{AB}{3}$
BC = 3 (EF) // (AB)

a. En utilisant la propriété de Thalès dans le triangle ABC, calcule GF.

....

b. En utilisant la propriété de Thalès dans le triangle ADC, calcule EG.

....

c. Déduis des questions **a.** et **b.** que EF = 5 et donc que EF = AB.

....

d. Démontre que (HG) // (AD). ....

COUP DE POUCE
Pour **a.** et **b.**, laisse les résultats sous forme fractionnaire.

COUP DE POUCE
d. Prouve d'abord que (HG) // (BC).

CORRIGÉS P. 19

Découvrir le cosinus dans les triangles rectangles

Comment utiliser le cosinus ?

Cosinus et triangles rectangles

$$\cos(\widehat{B}) = \frac{BA}{BC} = \frac{\text{côté adjacent}}{\text{hypoténuse}}$$

De même : $\cos(\widehat{C}) = \frac{CA}{CB}$

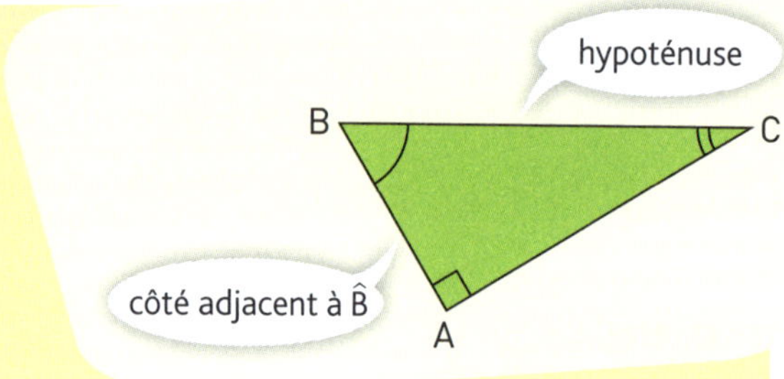

Conséquence : On a donc aussi $BA = BC \times \cos(\widehat{B})$ et $CA = CB \times \cos(\widehat{C})$

Cosinus et calculatrice

- cos(18°) = ? On tape *cos(18)*. Résultat ≈ 0,951.
- Angle dont le cosinus est 0,3 ?

On tape *cos⁻¹ (0,3)* ou *Arccos (0,3)*. Résultat ≈ 72,5°.

1 Calculs de cosinus (1)

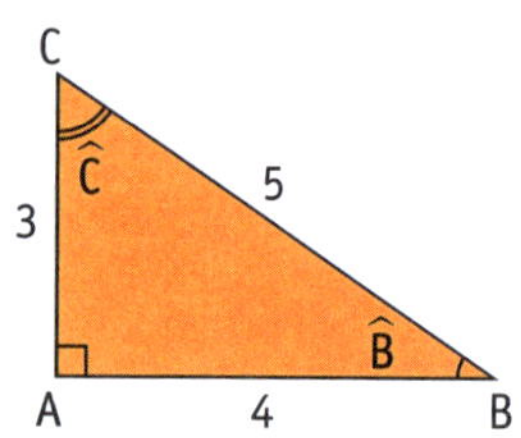

a. Calcule.

$\cos(\widehat{B})$ = ...

$\cos(\widehat{C})$ = ...

b. Déduis-en des valeurs approchées, en degrés, des angles $\widehat{B}$ et $\widehat{C}$.

$\widehat{B}$ ≈ ....° $\widehat{C}$ ≈ ....°

ATTENTION !
Pense à utiliser ta calculatrice en mode degré.

COUP DE POUCE
- **Exercices 1 et 2** : arrondis les angles à 1° près.
- Vérifie que $\widehat{B} + \widehat{C} \approx 90°$.

2 Calculs de cosinus (2)

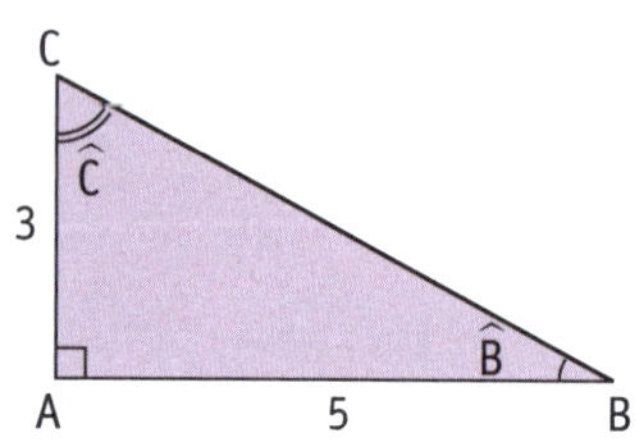

a. Trouve une valeur approchée de BC, à 0,01 près.

....

b. Calcule.

$\cos(\widehat{B})$ = ... $\widehat{B}$ ≈ ....°

$\cos(\widehat{C})$ = ... $\widehat{C}$ ≈ ....°

3 Calculs de cosinus (3)

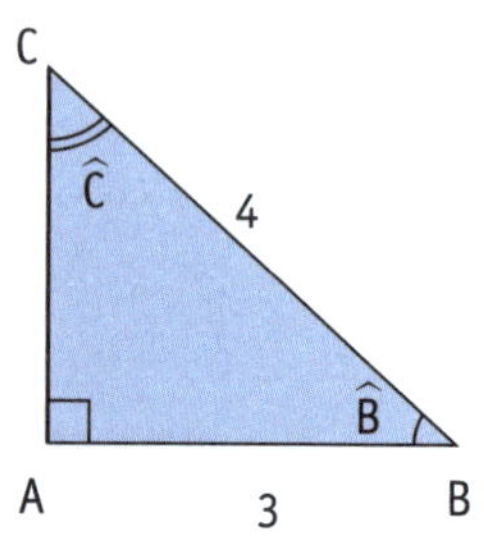

a. Trouve une valeur approchée de AC, à 0,01 près.

....

b. Calcule, avec deux décimales au résultat.

$\cos(\widehat{B})$ = ... $\widehat{B}$ ≈ ....°

$\cos(\widehat{C})$ = ... $\widehat{C}$ ≈ ....°

4 Côté d'un triangle rectangle

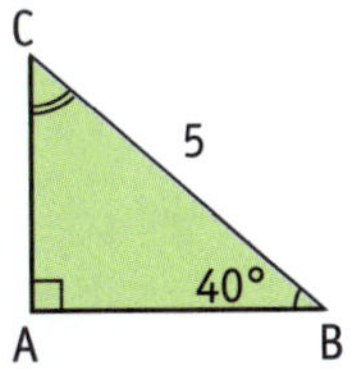

a. Calcule AB à 0,01 près.

....

....

b. Calcule AC à 0,01 près.

....

....

COUP DE POUCE
b. Il y a deux méthodes pour calculer AC.

5 Hauteur d'un triangle rectangle

Calcule avec deux décimales.

Hypothèses :
BC = 5
AC = 2

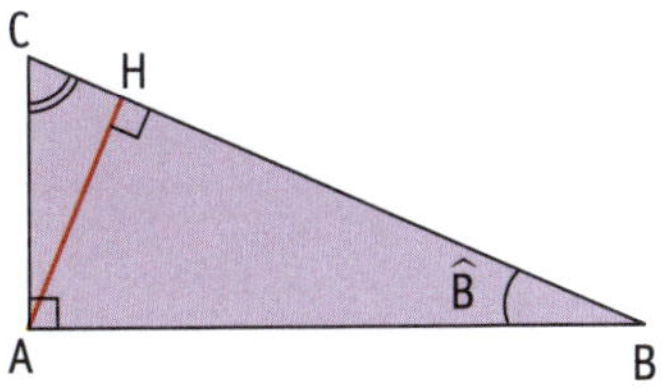

a. AB : ....

....

b. cos ($\widehat{B}$) : ....

....

c. BH : ....

....

d. AH : ....

....

COUP DE POUCE
c. et **d.** Considère le triangle ABH rectangle en H.

6 Avec un losange

ABCD est un losange de centre O tel que BD = 8 et $\widehat{DBA} = 25°$.

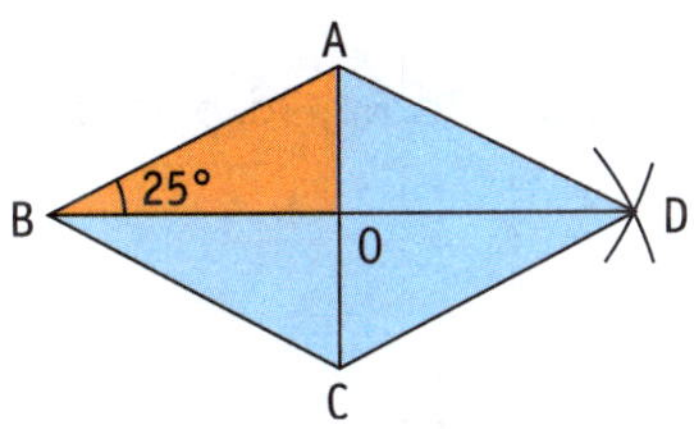

a. Calcule AB à 0,01 près.

....

....

b. Calcule, à 0,01 près, le périmètre du losange.

....

....

c. Calcule AC à 0,01 près.

....

....

CORRIGÉS P. 20

21 Translater une figure

Qu'est-ce qu'une translation ?

- Pour coder les déplacements d'un point sur un quadrillage, on utilisera les lettres g, d, h et b qui désigneront respectivement un pas vers la gauche, la droite, le haut ou le bas.

  Exemple : A va en A′ par le déplacement 4d + 2h.

  Et comme tous les points du triangle ABC effectuent le même déplacement, on dit que A′B′C′ est l'**image** de ABC **par la translation** 4d + 2h.

- Les translations **conservent** les longueurs et les angles.

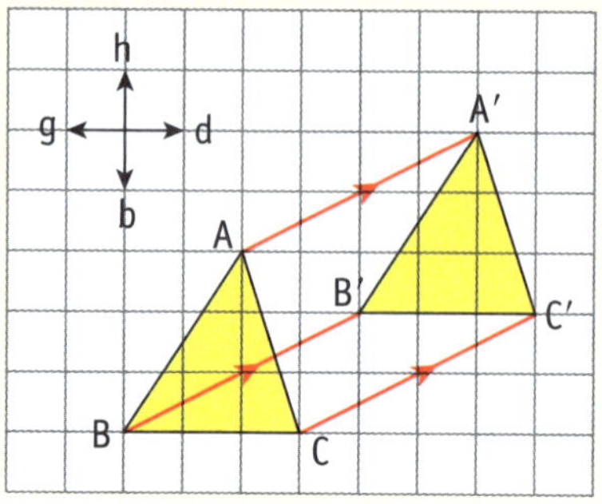

1 Apprivoiser les translations

a. Dessine :
- l'image R_1 de R par la translation 3d ;
- l'image R_2 de R par la translation 3g ;
- l'image R_3 de R_2 par la translation 2d + 4h ;
- l'image R_4 de R_3 par la translation 6d + 2b.

b. Par quelle translation passe-t-on de R_2 à R_4 ? de R_4 à R ? de R_1 à R_3 ?

....

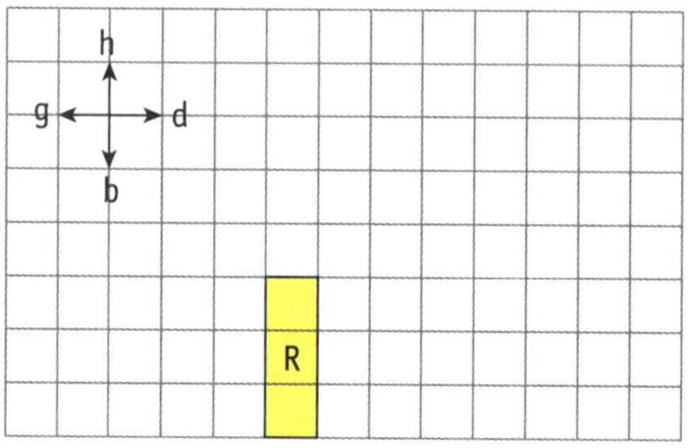

2 Frise grecque

Dessine les images du motif ci-dessous par les translations 3d, 6d, 9d, puis 3g, 6g, 9g.

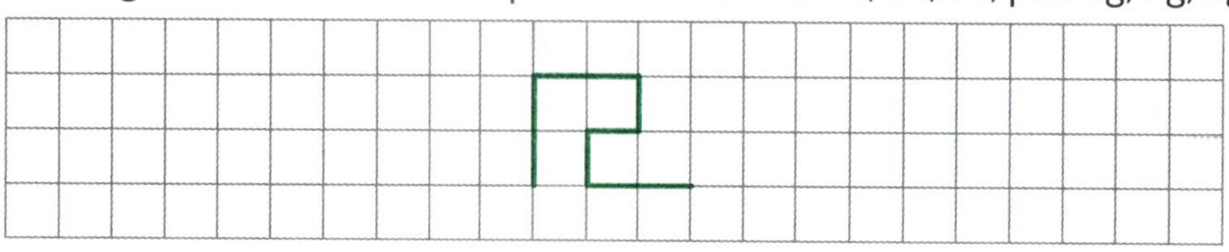

INFO
On rencontre fréquemment ce genre de frises sur les poteries antiques.

3 La frise rond-carré

a. Par quelle transformation passe-t-on d'un motif (partie colorée) à :

son voisin de droite ? .... son voisin de gauche ? ....

b. Poursuis le dessin de la frise, dans les deux sens.

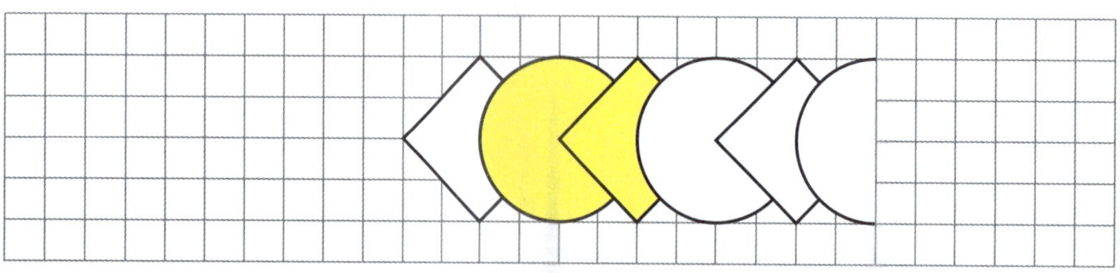

4 Carrelage

Les carreaux sont désignés par des lettres comme indiqué ci-contre.

A	B	C	D	E
F	G	H	I	J
K	L	M	N	O
P	Q	R	S	T
U	V	W	X	Y

a. Par quelle translation passe-t-on d'un carreau à l'autre ?

On passe de	A à H	L à S	P à J	E à U	Y à A
par la translation	2d + b	....	....	....	....

b. Quelle est l'image d'un carreau par la translation donnée ?

Carreau initial	J	U	L	E	S
Translation	2g + h	4d + 4h	2d + b	4g	g
Carreau image	....	....	....	....	....

c. Quel est le carreau dont l'image par la translation donnée est... ?

Carreau initial	....	....	....	....	....
Translation	2g + h	4d + 2b	3g + 3b	h	g
Carreau image	L	O	U	I	S

5 Pavages

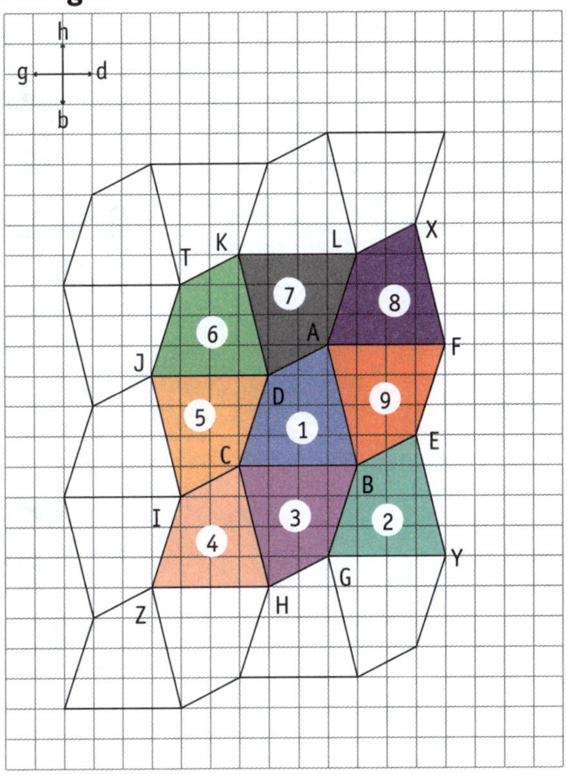

On peut paver un plan (une salle, une piscine...) avec des pavés ayant la forme d'un quadrilatère **quelconque** comme le pavé ①.

INFO Tu peux aussi observer que deux pavés voisins sont symétriques par rapport au milieu de leur côté commun.

a. Complète :

- L'image du pavé ① par la translation 3d + 4h est ....
- Le pavé ③ est l'image du pavé ⑤ par la translation ....
- Le pavé ⑥ est l'image du pavé .... par la translation 6g + 6h.

b. • Colorie en rouge l'image du pavé ⑥ par la translation 3g + 11b.

- Colorie en jaune le pavé dont l'image par la translation 7b est le pavé ①.

c. Construis et hachure, sur le quadrillage, l'image du pavé ③ par la translation 6d + h.

CORRIGÉS P. 22

22

GÉOMÉTRIE ET MESURES

Agrandir et réduire une figure : constructions

Comment agrandir ou réduire une figure ?

Agrandissement et réduction

- Une figure $\mathscr{A}$ est un **agrandissement** d'une figure $\mathscr{F}$ si toutes les longueurs de $\mathscr{A}$ sont égales aux longueurs correspondantes de $\mathscr{F}$ multipliées par un même nombre k ($k \geqslant 1$).
- On parle de **réduction** lorsque $0 < k < 1$.

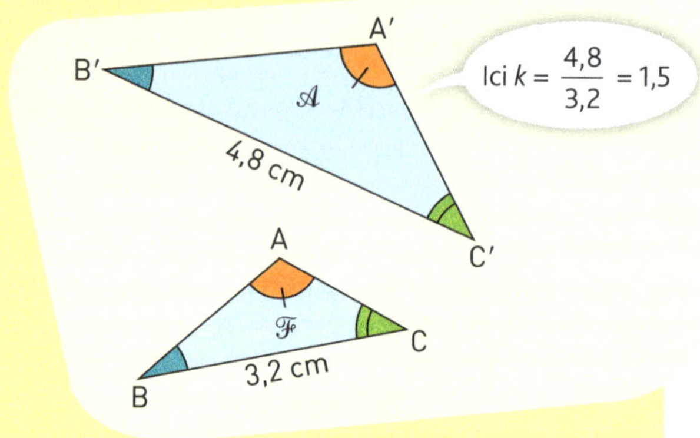

k est le **coefficient d'agrandissement** ou **de réduction**.

Conséquence sur les angles

Lors d'un agrandissement ou d'une réduction, les angles qui se correspondent sont **égaux**. Par exemple, sur la figure ci-dessus, $\widehat{A'} = \widehat{A}$, $\widehat{B'} = \widehat{B}$ et $\widehat{C'} = \widehat{C}$.

1 Avec un quadrillage

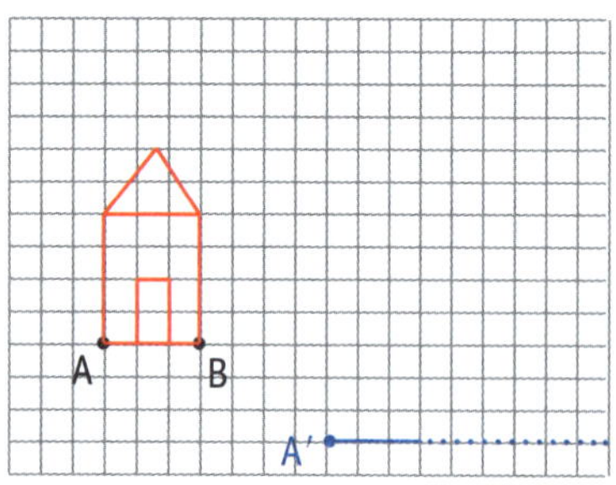

Agrandis cette maison sur le quadrillage ci-contre. (Coefficient d'agrandissement : $k = 2$).

COUP DE POUCE
Compte les carreaux.

2 On agrandit

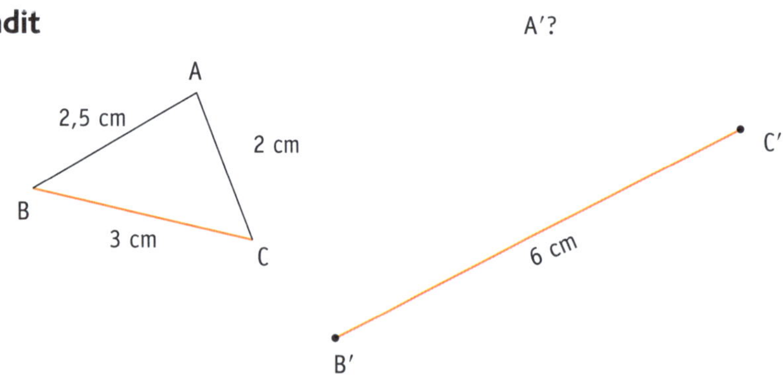

COUP DE POUCE
Utilise la règle graduée et le compas.

A′B′C′ est un agrandissement de ABC.

a. Par combien doit-on multiplier les côtés de ABC pour obtenir ceux de A′B′C′ ?

....

b. Construis le point A′.

c. Marque sur la figure les angles égaux.

3 À la loupe

On regarde un angle de 12° avec une loupe qui grossit 2,5 fois. Combien mesure l'angle ainsi observé ? ……………………………………………………………

4 On réduit

INFO
Les diagonales d'un losange sont perpendiculaires et se coupent en leur milieu.

ABCD est un losange avec AC = 6 cm et BD = 3 cm.

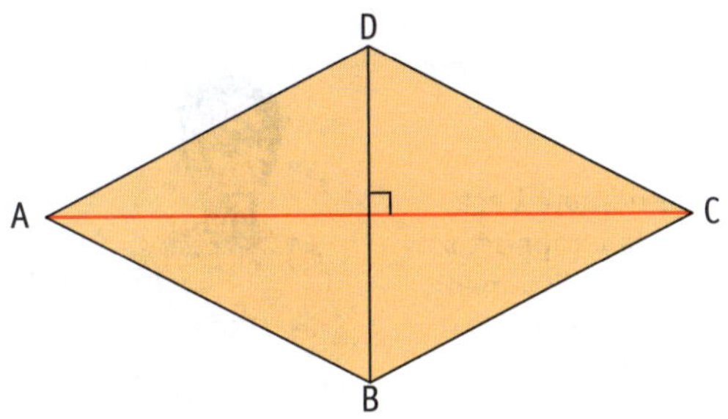

a. Construis les points D′ et B′ de sorte que A′B′C′D′ soit une réduction de ABCD avec un coefficient de réduction de 0,5.

b. Que peut-on dire des angles $\widehat{ADC}$ et $\widehat{A'D'C'}$?

……………………………………………………………

5 Avec des cercles

Figure 1

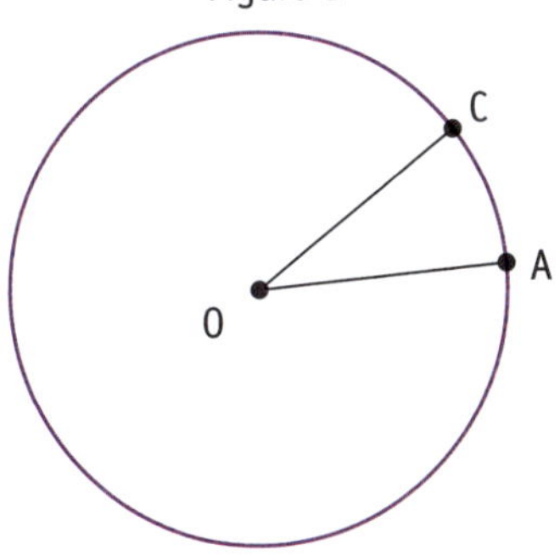

Figure 2

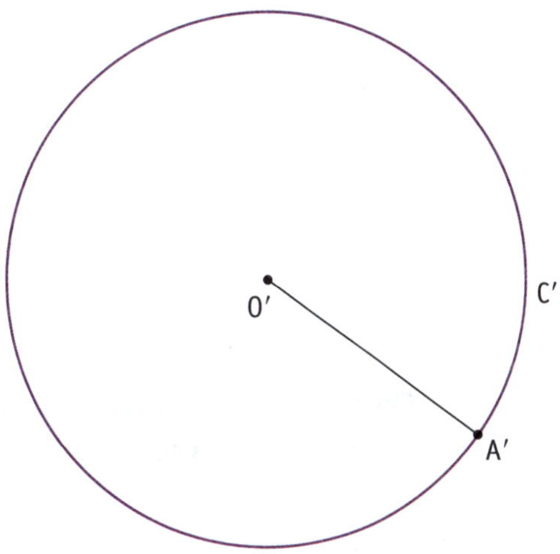

La figure 2 est un agrandissement de la figure 1.
Construis le point C′ correspondant au point C.

6 L'aire et l'échelle

Un terrain rectangulaire de 100 m sur 150 m est représenté sur un plan à l'échelle $\frac{1}{200}$.

a. Calcule l'aire du terrain réel (en m²).

……………………………………………………………

b. Calcule l'aire (en m² toujours) du terrain dessiné sur le plan.

……………………………………………………………

……………………………………………………………

CORRIGÉS P. 23

Agrandir et réduire une figure : calculs

Qu'est-ce qu'un agrandissement ou une réduction ?

Rapport d'agrandissement ou de réduction

- Au cours d'un agrandissement ou d'une réduction, les dimensions d'une figure sont toutes multipliées par un même nombre k positif.
- Pour un agrandissement : $k > 1$. Pour une réduction : $k < 1$.

Propriété (k, k^2, k^3)

Dans un agrandissement ou une réduction de rapport k :
- l'aire d'une surface est multipliée par k^2 ;
- le volume d'un solide est multiplié par k^3.

Exemples :

- **Réduction**

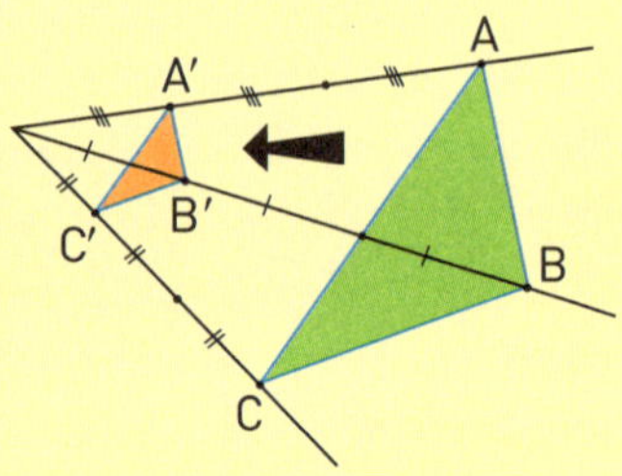

Les dimensions sont multipliées par $\frac{1}{3}$.

$$\text{Aire (A'B'C')} = \text{Aire (ABC)} \times \left(\frac{1}{3}\right)^2$$
$$= \text{Aire (ABC)} \times \frac{1}{9}$$

- **Agrandissement**

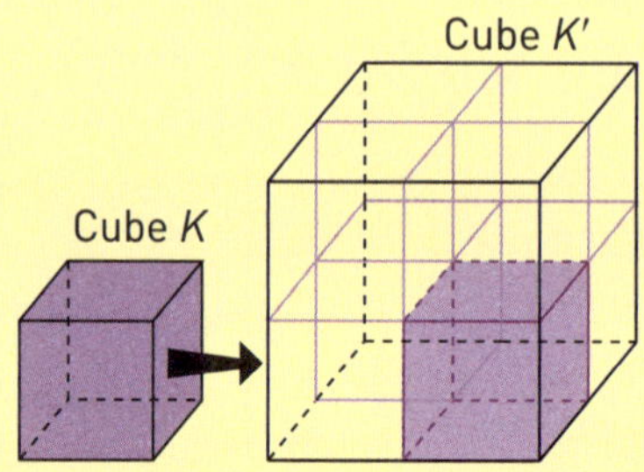

Les dimensions sont multipliées par 2.

$$\text{Volume }(K') = \text{Volume }(K) \times 2^3$$
$$= \text{Volume }(K) \times 8$$

1 Élémentaire !

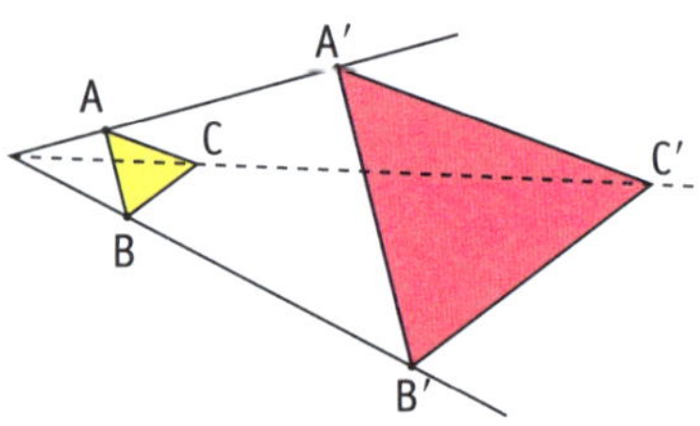

On suppose que A'B'C' est un agrandissement de ABC et que l'aire de A'B'C' vaut 16 fois l'aire de ABC.

Alors : A'B' = ... × AB

et AC = ... × A'C'

2 Agrandissement ?

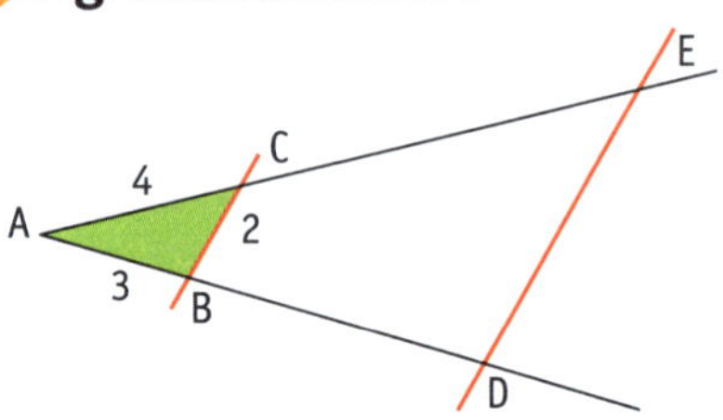

On connaît les 3 côtés de ABC, de plus (BC) // (DE) et AD = 9.

a. Calcule AE et ED. ....

....

....

b. Montre que ADE est un agrandissement de ABC. ....

....

COUP DE POUCE

b. Montre que AE = 3AC, AD = 3AB, et DE = 3BC.

3 Dans un cube

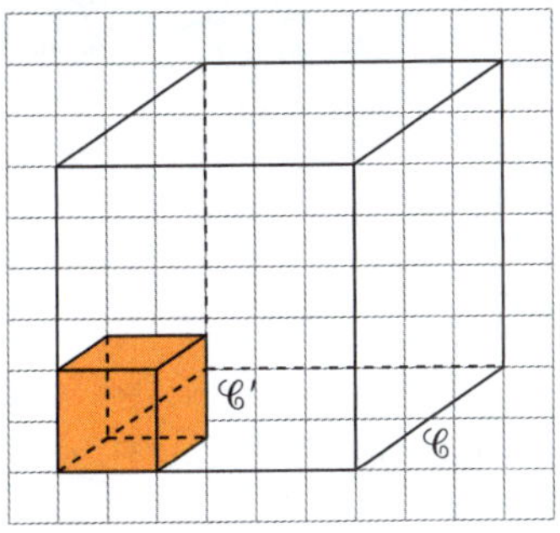

Le cube coloré 𝒞′ est une réduction du cube 𝒞.
Complète les phrases suivantes.

a. Les dimensions de 𝒞′ sont celles de 𝒞 multipliées par ....

b. L'aire d'une face de 𝒞′ est l'aire d'une face de 𝒞 multipliée par ....

c. Volume (𝒞′) = ... × Volume (𝒞).

4 Pyramides d'Égypte

Les trois pyramides de Giseh, dédiées aux pharaons Khéops, Khéphren et Mykérinos, sont des pyramides à base carrée.

La plus petite est celle de Mykérinos : sa base mesure 105 m de côté et sa hauteur 66 m.

La plus grande est celle de Khéops : sa base mesure 231 m de côté.

On suppose dans ce problème qu'elle est un agrandissement de celle de Mykérinos.

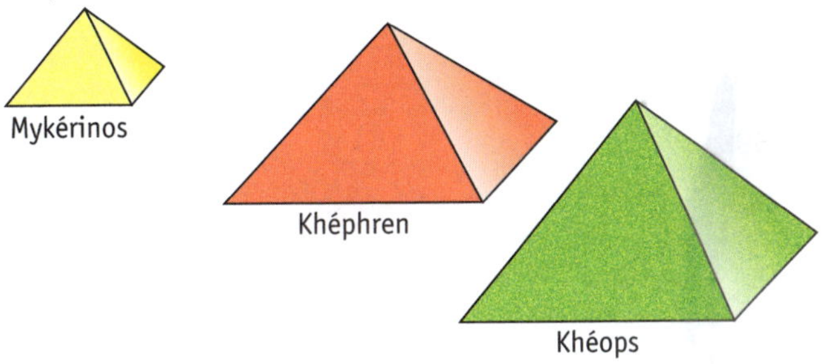

a. Calcule, à 0,1 m près, la hauteur de la pyramide de Khéops.

....

....

b. On prétend que le volume de la pyramide de Khéops est environ dix fois plus grand que celui de la pyramide de Mykérinos. Vérifie cette affirmation sans calculer les volumes.

....

c. Même consigne qu'en **b.**, mais en calculant les volumes des deux pyramides.

....

....

....

COUP DE POUCE

a. Calcule d'abord le rapport d'agrandissement.
c. Une pyramide de base B et de hauteur h a pour volume $V = B \times h \div 3$
(Lis le chapitre 24.)

CORRIGÉS P. 24

24 Mesurer les pyramides et les cônes

GÉOMÉTRIE ET MESURES

Comment calculer le volume d'une pyramide ?

- Le volume V d'une pyramide de base B et de hauteur h est :

$$V = \frac{1}{3} \times B \times h$$

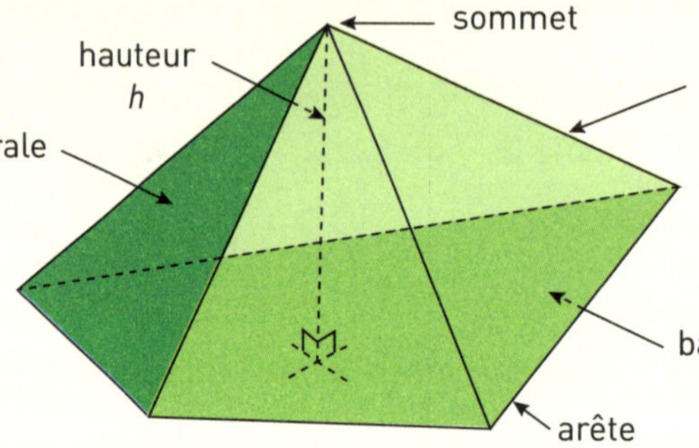

COUP DE POUCE

$V = \frac{1}{3} \times B \times h$

donc $3V = B \times h$.
On en déduit B ou h.

1 Autour du volume

On désigne par h, B et V la hauteur, la base et le volume d'une pyramide.

Complète le tableau ci-dessous.

h	7	5	
B	15		39
V		35	143

2 Le compte est bon

a. Une pyramide a pour base un polygone à 17 côtés.

Combien de sommets a-t-elle ? ....

Combien d'arêtes a-t-elle ? ....

Combien de faces latérales a-t-elle ? ....

b. Une pyramide a 58 arêtes.

Combien sa base a-t-elle de côtés ? ....

Combien de faces latérales a-t-elle ? ....

3 HELAS

La pyramide HELAS est incluse dans un cube comme il est indiqué sur la figure ci-contre.

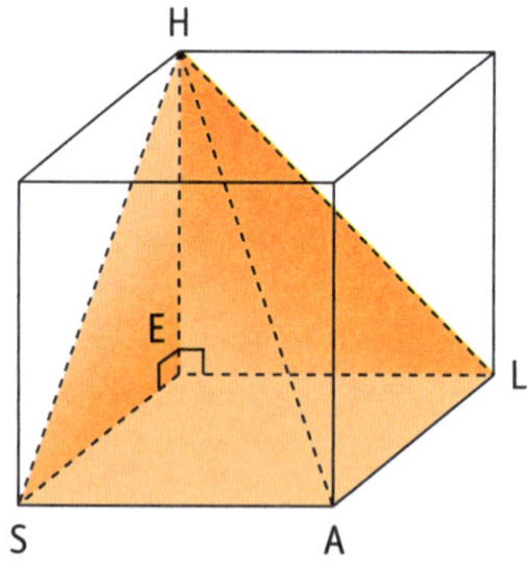

a. Calcule le volume du cube sachant que son côté mesure 6 cm.

....

b. Calcule le volume de la pyramide.

....

....

Comment calculer le volume d'un cône ?

- Le volume V d'un cône de base B et de hauteur h est :

$$V = \frac{1}{3} B \times h = \frac{1}{3} \pi r^2 \times h$$

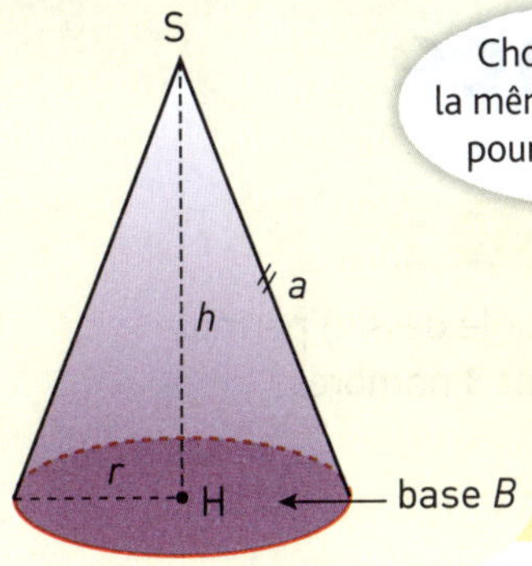

4 Des cônes et des calculs

a. Complète le tableau suivant, à 0,01 près.

r	d	h	a	volume
5 cm		8 cm		
	6 cm	6 cm		
12 cm			37 cm	

b. Pour la 3e ligne du tableau, détaille le calcul de h.

....

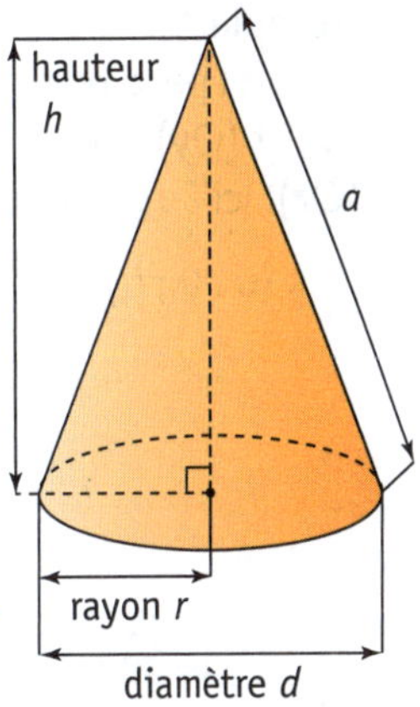

COUP DE POUCE
Pour le calcul de a ou de h, pense au théorème de Pythagore !

5 Le cône et le cylindre

Un vase conique et un vase cylindrique ont tous les deux la même hauteur et le même diamètre. On néglige l'épaisseur des parois.

Pour remplir le cylindre, on prend l'eau du robinet avec le cône et on verse dans le cylindre.

Combien de cônes faut-il pour remplir le cylindre ?

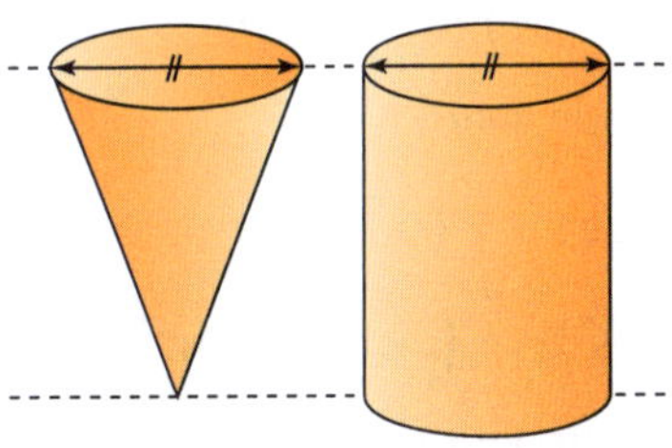

....

....

COUP DE POUCE
On peut prendre $d = 10$ cm et $h = 12$ cm

6 Le sablier

Un sablier est constitué de deux cônes identiques mis tête-bêche (voir figure).
Calcule le volume du sablier à 0,1 cm³ près.

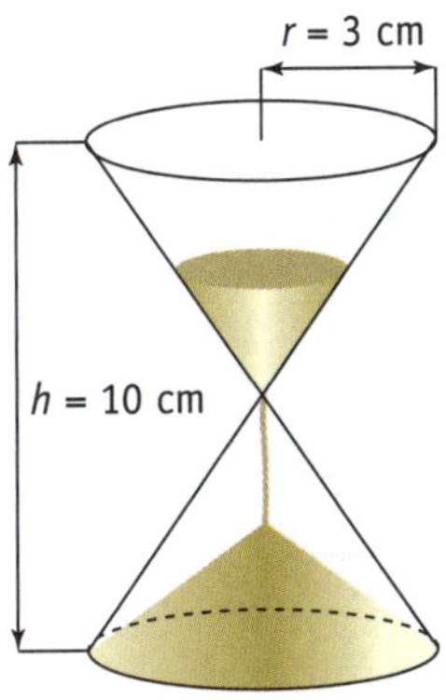

....

....

....

....

CORRIGÉS P. 24

Se repérer et construire dans l'espace

Comment se repérer dans l'espace ?

- Un cube de référence de côté 1 (en rouge sur le dessin) permet de repérer un point dans l'espace en utilisant 3 nombres.
  Ainsi pour le point A on écrit : A(3 ; 4 ; 2).
  (3 ; 4 ; 2) sont les **coordonnées** de A.
  Observons que les 3 axes gradués (Ox), (Oy) et (Oz) s'appuient sur les 3 arêtes du cube (voir le dessin).
- Pour repérer un point (par exemple A),
  on commence par la profondeur du pavé noir suivant l'axe (Ox), ici 3, puis par la longueur suivant (Oy), ici 4,
  puis par la hauteur suivant (Oz), ici 2 (voir la figure).
- Le point O a pour coordonnées (0 ; 0 ; 0), le point C (0 ; 1 ; 1) et le point B (3 ; 4 ; 0).

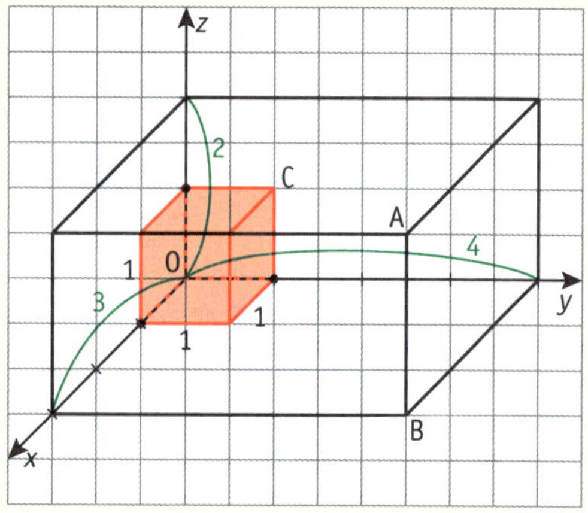

1 Pour commencer

a. Donne les coordonnées de A(...... ; ...... ; ......),
de B(...... ; ...... ; ......), de D(...... ; ...... ; ......)
et de E(...... ; ...... ; ......).

b. Cite un point du dessin ayant :
- une coordonnée nulle : ......(...... ; ...... ; ......) ;
- 2 coordonnées nulles : ......(...... ; ...... ; ......).

c. Quel est le point ayant pour coordonnées
(1 ; 3 ; 4) ? ....

d. Place sur le dessin les points L(2 ; 3 ; 3), F(3 ; 5 ; 6), G(2 ; 0 ; 5) et I(2 ; 2,5 ; 3,5).

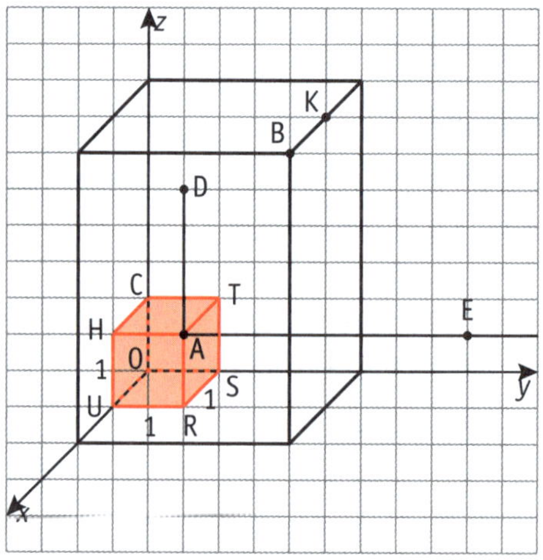

2 Pour confirmer

a. Donne les coordonnées de L(...... ; ...... ; ......),
de E(...... ; ...... ; ......) et de F(...... ; ...... ; ......).

b. Place le point N(1 ; 2 ; 1) puis le point P(1 ; 3 ; 3).

c. Quel est le point ayant pour coordonnées
(1 ; 0 ; 2) ? ....

d. Place les points $Z\left(1\,;\,\frac{4}{3}\,;2\right)$ et $H\left(1\,;1\,;\,\frac{2}{3}\right)$.

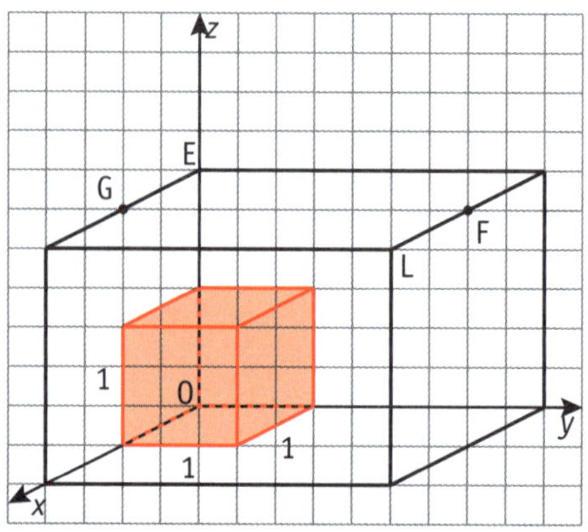

ATTENTION !
L'unité a changé.

3 C'est régulier

Complète le dessin pour obtenir un patron d'un tétraèdre régulier (pyramide régulière à base triangulaire).

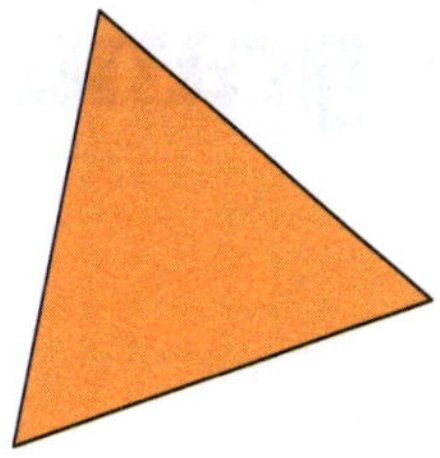

INFO

Tétraèdre signifie « quatre faces ». Les faces d'un tétraèdre régulier sont des triangles équilatéraux.

Comment construire le patron d'un cône ?

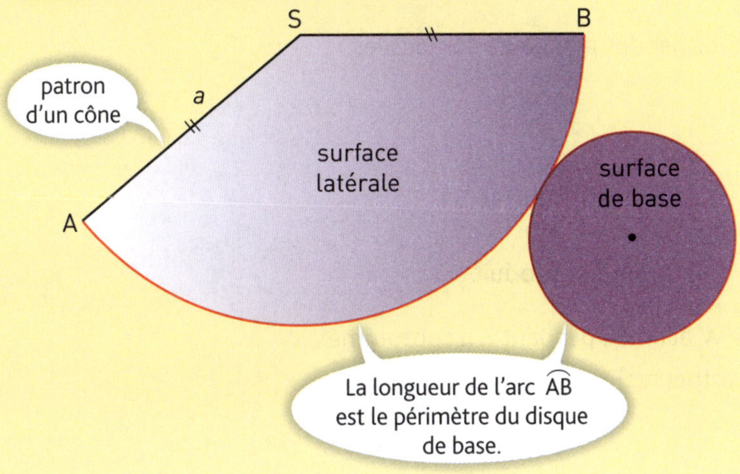

4 Patron de cône

Voici un patron de cône dont le rayon de base mesure 3 cm. L'angle $\widehat{ASB}$ mesure 90°.

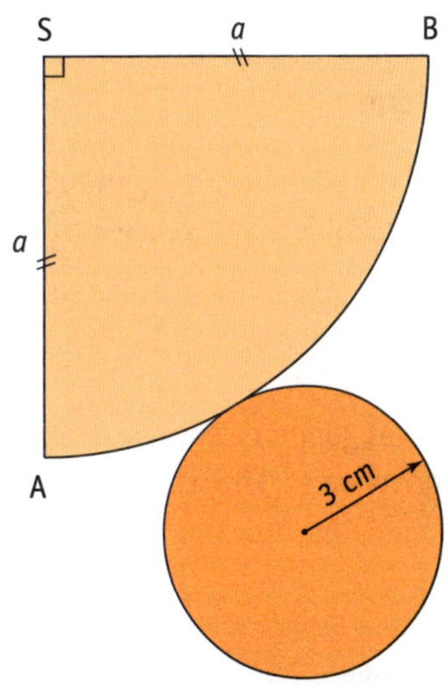

a. Calcule le périmètre de base du cône.

....

b. Exprime la longueur de l'arc $\overset{\frown}{AB}$ en fonction de a.

....

....

c. En écrivant que l'arc $\overset{\frown}{AB}$ a la même longueur que le périmètre de base, calcule a.

....

....

d. Reproduis, sur une feuille, le patron du cône, puis construis le cône.

ATTENTION !

Dans cette figure, les dimensions ne sont pas respectées !

COUP DE POUCE

b. L'arc $\overset{\frown}{AB}$ est un quart de cercle, de rayon a.

CORRIGÉS P. 25

Utiliser des grandeurs composées

Qu'est-ce qu'une grandeur composée ?

Grandeurs simples

Exemples :

Grandeur	Unité
la longueur	le mètre (m)
la masse	le gramme (g)
le temps	la seconde (s)

Grandeurs composées

À partir de grandeurs simples, on peut former des grandeurs composées.

Exemples :

Grandeur	Unité	
la vitesse	m/s ou km/h	grandeurs quotients
le débit	m^3/s	grandeurs quotients
l'énergie électrique	W × h ou Wh (wattheure)	grandeur produit

Exemple : Une lampe halogène de 500 W allumée pendant 7 h consomme :
500 × 7 = 3 500 Wh = 3,5 kWh (kilowattheures).

1 Gare au radar

Antoine a parcouru 102 mètres en 4 secondes sur une route départementale.
A-t-il dépassé la vitesse limite de 80 km/h ? ....

....

COUP DE POUCE
La vitesse est la distance parcourue par unité de temps.

2 Course transatlantique

a. Éric a gagné la course transatlantique Plymouth-Newport, longue d'environ 5 500 km, en 27 jours et 4 heures. Calcule sa vitesse moyenne en km/h.

....

....

COUP DE POUCE
Convertis 27 jours et 4 heures en heures.

b. Vingt ans plus tard, Yves gagne cette même course en 16 jours et 6 heures.
Calcule sa vitesse moyenne en km/h. ....

....

3 La dérive des continents

L'Europe-Afrique et l'Amérique du Nord s'éloignent l'un de l'autre de 2 m par siècle.
En supposant que cette vitesse a été constante et en admettant que l'océan Atlantique mesure environ 6 000 km de largeur actuellement, détermine depuis combien d'années cette dérive a commencé.

....

4 Débit d'une pompe

Une pompe débite 2,5 litres par seconde. Quel est son débit en hectolitres par minute ?

....

5 Débit de la Seine

Au mois de janvier, il s'écoule dans la Seine environ 30 000 m³ d'eau par minute.

a. Calcule le débit moyen de la Seine en m³/s. ....

....

b. Combien de m³ d'eau s'écoule-t-il en 1 h ? en 1 jour ? ....

....

COUP DE POUCE
On suppose que ce débit est constant.

6 Régime de moteur

Un moteur de moto tourne à 6 900 tours/min.

Calcule le nombre de tours de ce moteur par seconde. ....

7 Masse volumique

Un solide en cuivre de 65 cm³ pèse 0,58 kg. Calcule la masse volumique du cuivre en g/cm³, à 0,1 g/cm³ près. ....

....

INFO
La masse volumique d'un corps est la masse par unité de volume.

8 Consommation électrique

Dimanche dernier :

- 6 lampes de 10 W chacune sont restées allumées pendant 5 heures ;
- la dinde a rôti pendant 2 heures dans un four de 2,1 kW ;
- le chauffe-eau de 600 W a fonctionné pendant 8 h.

Calcule la consommation électrique en kWh pendant cette journée.

....

....

9 Quantité de travail

Si 15 personnes travaillent sur un chantier pendant 2 ans, on dit qu'elles produisent un travail de $15 \times 2 = 30$ hommes × années.

Pour réaliser un gros logiciel, il a fallu :

- 25 chercheurs travaillant pendant deux ans ;
- 10 autres pendant 3 ans et demi ;
- et 34 autres pendant 6 mois.

Calcule, en hommes × années, la quantité de travail pour réaliser ce logiciel.

....

....

CORRIGÉS P. 26

Découvrir l'algorithmique et la programmation

Scratch Offline Editor version 3 est téléchargeable gratuitement : scratch.mit.edu/download/

1 La notion de boucle

Voici deux programmes de déplacement d'un lutin.

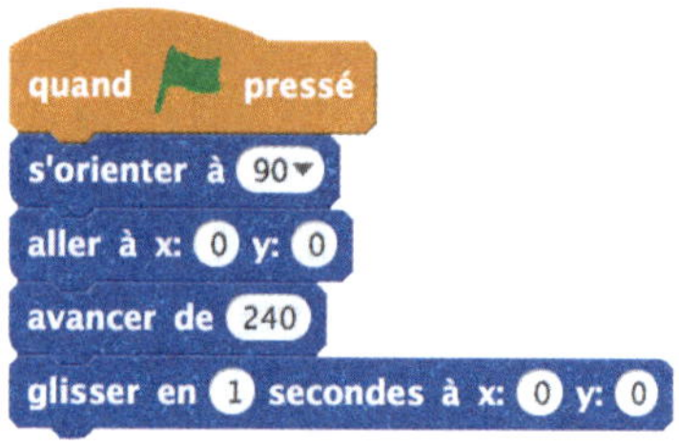

Programme P1

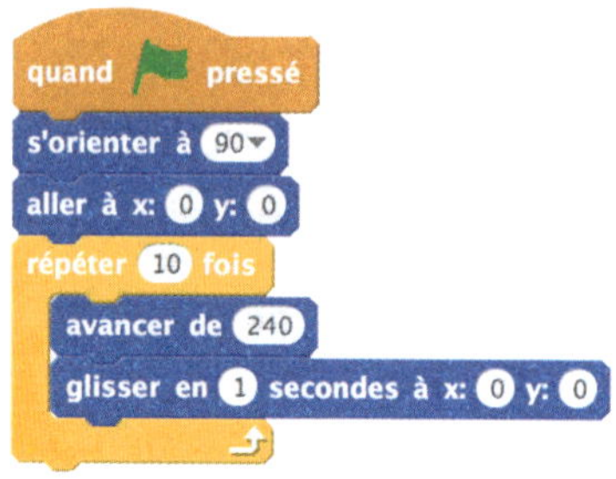

Programme P2

a. Assemble et exécute le programme P1, puis le programme P2.

b. Dans le programme P2, on utilise une **boucle**, en jaune dans le script.
Combien de fois sera répétée la suite des deux instructions incluses dans le bloc jaune ?

....

c. Modifie la valeur 10 pour que le programme P2 soit équivalent au programme P1.

Quelle est cette valeur ? ....

INFO
Selon la version de Scratch, le drapeau ver[t] peut être pressé ou cliqué. L'effet est le même dans les deux cas.

2 Hors de la boucle ou dans la boucle

a. Assemble et exécute le programme P3 ci-dessous. Observe son exécution.

b. En assemblant le programme P3, Myriam a mis la dernière instruction dans la boucle au lieu de la mettre après, obtenant ainsi le programme P4 ci-dessous.

Exécute le programme P4. Fait-il la même chose que le programme P3 ? ....

c. Estime le temps d'exécution de P4. ....

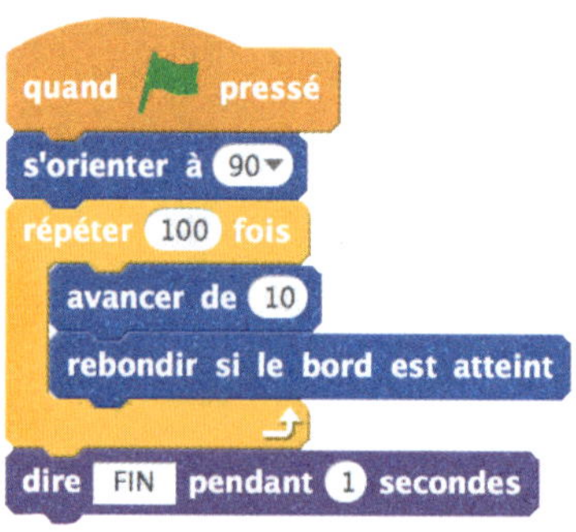

Programme P3

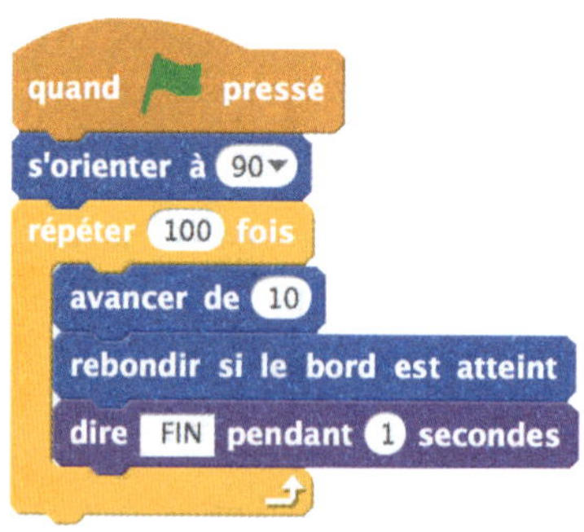

Programme P4

3 Rebonds

a. Reprends le programme P3 de l'exercice 2 en remplaçant 90° par 37°. Observe l'exécution.

b. Modifie ce programme pour qu'il demande la valeur de l'angle.
(Utilise la variable prédéfinie réponse.)

4 Programmes multiples

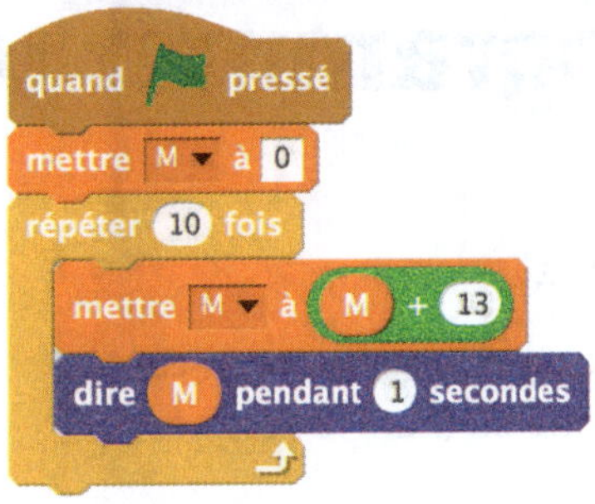

a. Assemble et exécute le programme ci-contre. (Pense à créer la variable *M* et à utiliser l'opérateur « + ».)

b. Ce programme calcule ....

c. Modifie le programme pour qu'il demande le nombre de multiples à calculer. (Utilise la variable réponse et mets cette réponse dans une variable appelée *n*.)

d. Modifie à nouveau le programme pour qu'il demande un autre nombre que 13. (Réutilise la variable réponse et mets cette nouvelle réponse dans une variable appelée *a*.)

INFO
On peut remplacer « mettre *M* à *M* + 13 » par « ajouter à *M* 13 ».

5 Programme en puissances

Modifie quelques lignes du programme réalisé dans l'exercice précédent, pour qu'il donne les puissances successives du nombre mis dans la variable *a* (soit les valeurs a, a^2, a^3…).

INFO
Le signe de la multiplication est *.

6 Boucle infinie

Scratch fournit aussi une boucle qui peut tourner indéfiniment. On arrête ces répétitions en cliquant sur l'octogone rouge, près du drapeau vert.

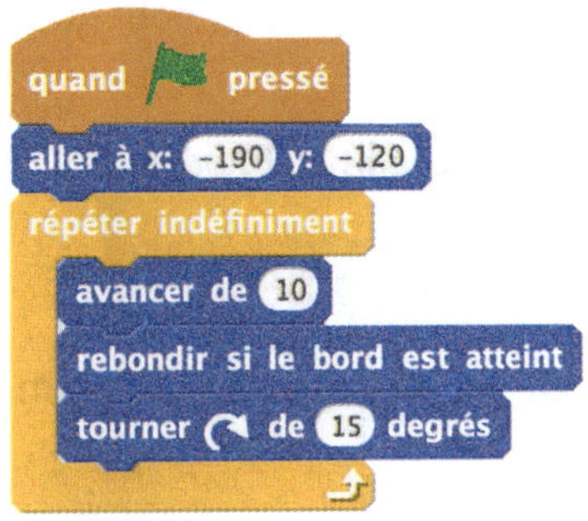

a. Assemble et exécute le programme ci-contre.

b. Juste avant la boucle du programme, insère la ligne :
mettre à 100 % de la taille initiale

Puis, en deuxième ligne de la boucle, insère :
ajouter 0.1 à la taille

Exécute le programme et observe son exécution.

7 Suite de Fibonacci

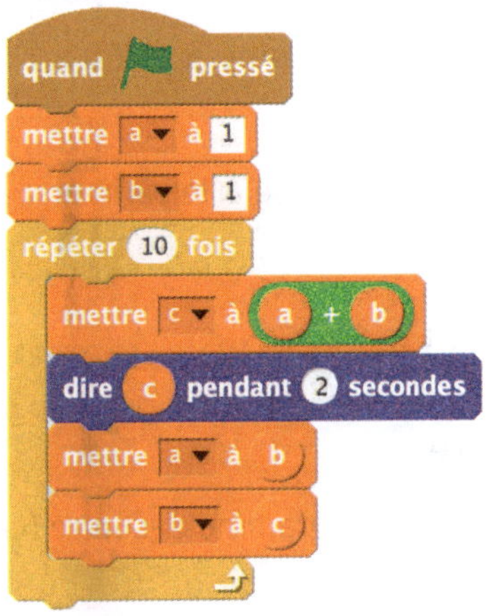

a. Observe cette suite de nombres et complète-la.

1 – 1 – 2 – 3 – 5 – 8 – 13 – 21 – .... – .... – ....

b. Assemble et exécute le programme ci-contre. Observe son exécution. (Pense à créer les trois variables *a*, *b* et *c*.)

c. Modifie ce programme pour qu'il demande le nombre de termes à calculer. (Utilise la variable réponse.)

INFO
Fibonacci est un mathématicien du XIIe siècle, né à Pise en Toscane.

8 La boucle pilotée par « jusqu'à »

Il existe une boucle qui s'arrête dès que la condition « jusqu'à … » est vérifiée.

a. Reprends le programme de l'exercice **7**, question **b.** Ne demande plus le nombre de termes et remplace la boucle « répéter 10 fois », par une boucle « répéter jusqu'à c > 100000 ». Exécute ce programme. Que peut-on dire de la suite de nombres de Fibonacci ?

....

b. Dans le programme P3 de l'exercice **2**, remplace la boucle « répéter 100 fois » par la boucle « répéter jusqu'à touche espace pressée? ». Comment arrête-t-on cette boucle ?

....

CORRIGÉS P. 27

ALGORITHMIQUE ET PROGRAMMATION

28 Programmer une figure

1 Triangle équilatéral

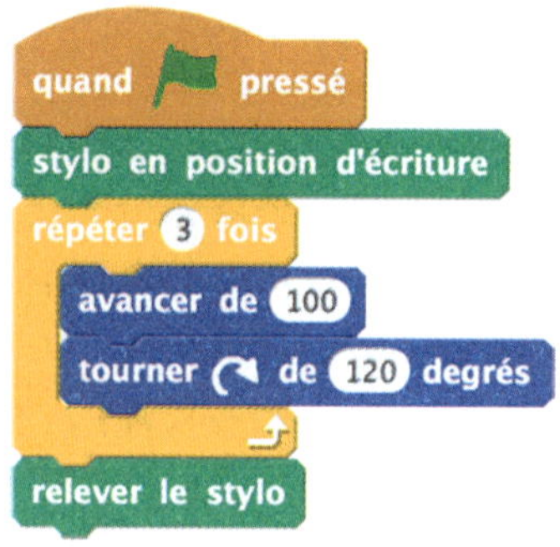

a. Assemble et exécute le programme ci-contre.
Calcule le périmètre du triangle dessiné.

....

b. Modifie ce programme pour qu'il demande le côté du triangle avant de le dessiner (utilise la variable réponse).

INFO

a. Ne mets pas d'unité. Scratch fonctionne sans unités.

2 Carré

a. Complète la phrase suivante.

Dans un carré, deux côtés consécutifs sont .... et de même ....

b. Modifie le programme de l'exercice **1** pour qu'il demande le côté d'un carré et dessine ce carré.

c. Modifie le programme obtenu au **b.** pour qu'il donne aussi le périmètre du carré.

3 Cercle

a. Complète : Un angle plat mesure ....° et un angle plein mesure ....°.

b. Assemble et exécute le programme ci-contre.

c. Le périmètre du cercle dessiné mesure $360 \times 1 = 360$.
Déduis-en son rayon. ....

d. Si, dans la boucle, on avance de 2, le périmètre sera :

$360 \times$ ...... = ...

Et donc le rayon sera : ....

INFO

En réalité, ce programme dessine un polygone ayant 360 petits côtés. Visuellement, on dirait un cercle.

4 Spirale triangulaire

a. Assemble et exécute le programme ci-contre (crée la variable *c*).

b. En fin d'exécution, la variable *c* s'affiche en haut et à gauche de l'écran : « $c = 310$ ».

Explique cette valeur : ....

c. Au début du programme précédent, insère l'instruction :

choisir la couleur [bleu] pour le stylo

Cette instruction force le stylo à écrire bleu.

Puis, insère l'instruction :

ajouter 10 à couleur du stylo

à une place appropriée afin d'obtenir une spirale multicolore.

5 Spirale carrée

Modifie le programme de l'exercice **4** afin d'obtenir la spirale ci-dessous.

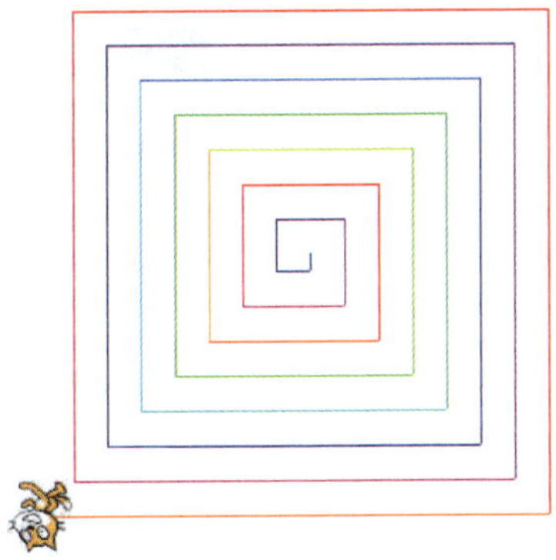

6 Spirale courbe

a. Assemble et exécute le programme ci-dessous.

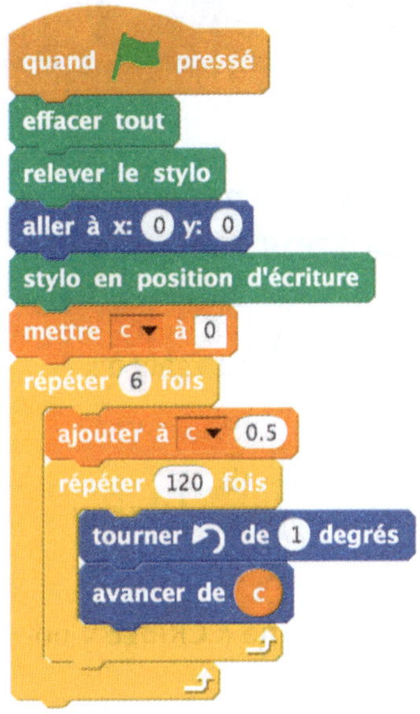

b. En fin d'exécution, la variable *c*, affichée en haut et à gauche de l'écran, est : « *c* = 3 ». Explique cette valeur.

INFO
Ce programme comporte deux boucles emboîtées. La plus externe s'exécute 6 fois.

7 Motifs de pavage

a. Pour finir ce cahier en beauté, assemble, exécute et observe ce programme. (N'oublie pas de définir le bloc Motif.)

b. On veut remplacer les carrés du motif du **a.** par des triangles équilatéraux.
Pour cela, modifie à bon escient les instructions étiquetées 1, 2, 3 et 4.

On doit obtenir le motif suivant :

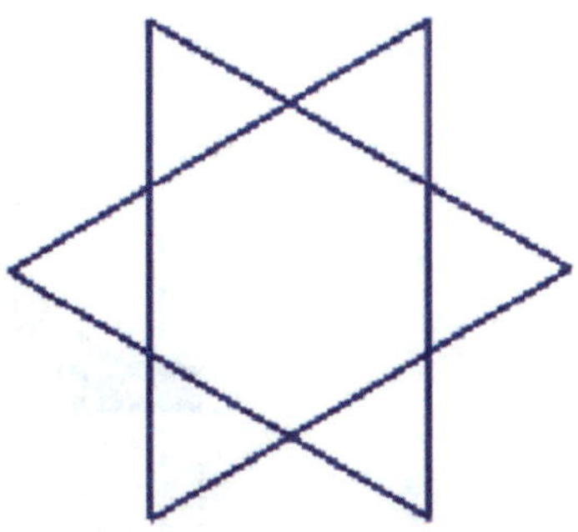

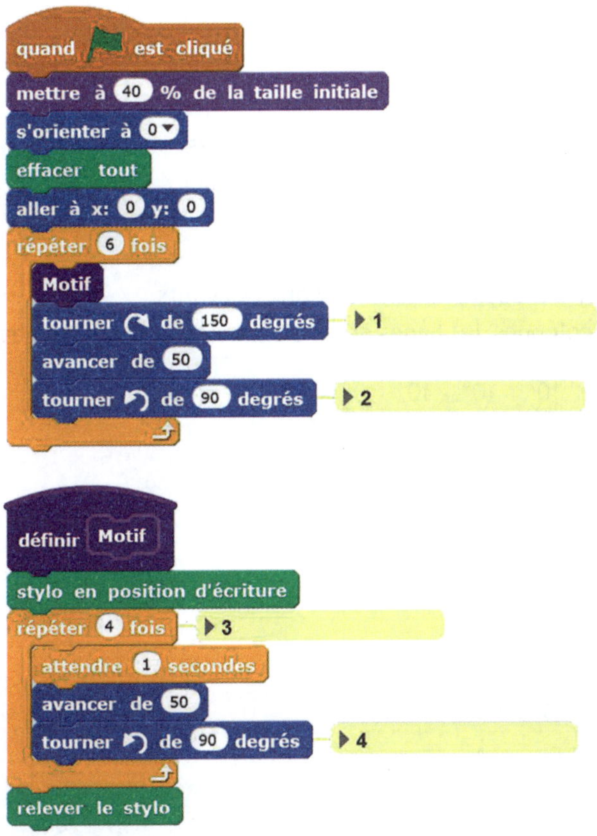

INFO
Le dessin du **a.** se retrouve dans le pavage de l'abbaye de Ligugé (Vienne).

CORRIGÉS P. 28

Bilan

Vers la 3e…

1 L'embarras du choix

Pour chaque question, choisis la bonne réponse.

1. La notation scientifique de $0{,}2018 \times 10^4$ est :

❑ **a.** $20{,}18 \times 10^2$ ❑ **b.** 2 018 ❑ **c.** $2{,}018 \times 10^3$

2. L'expression $\left(\frac{5}{2} + \frac{4}{3}\right) \times \left(\frac{5}{6} - \frac{1}{2}\right)$ est égale à :

❑ **a.** $\frac{23}{18}$ ❑ **b.** $\frac{9}{5}$ ❑ **c.** $\frac{23}{2}$

3. L'expression $3(2x + y) - 4(x - 2y)$ est égale à :

❑ **a.** $2x - 5y$ ❑ **b.** $2x + 11y$ ❑ **c.** $x + y$

4. L'idée d'utiliser un tableau nommé « CRIBLE » pour trouver les petits nombres premiers est attribuée à :

❑ **a.** Pythagore. ❑ **b.** Thalès. ❑ **c.** Ératosthène.

5. La quatrième proportionnelle du tableau ci-contre est :

❑ **a.** 13 ❑ **b.** 4 ❑ **c.** 7

91	
49	7

> **INFO**
> Ici, tu utilises la **notation scientifique** (chapitre 8) ; tu calcules avec des **fractions** (chapitres 4 et 5) ; tu développes et réduis une **expression littérale** (chapitre 11) ; tu connais la notion de **nombres premiers** (chapitre 9) ; tu calcules une **quatrième proportionnelle** (chapitre 14).

2 Résolution d'équations

1. La somme de 4 nombres consécutifs est égale à 8 074. Quel est le plus petit de ces nombres ?

2. Une perceuse et ses deux batteries coûtent ensemble 459 €. La perceuse coûte deux fois et demie le prix d'une batterie. Calcule le prix de la perceuse seule.

3. Calcule la dernière valeur de la série statistique donnée dans le tableau ci-contre, sachant que la moyenne vaut 4,15.

Valeurs	3	4	6	…
Effectifs	7	2	8	3

> **INFO**
> Es-tu à l'aise avec la **résolution d'équations** (chapitres 12 et 13) ? C'est le moment de le vérifier.

3 Carrés magiques

Complète les carrés multiplicativement magiques suivants.
Les produits sur les colonnes, les lignes et les diagonales sont les mêmes.

3^7	3^0	
	3^4	
		3^1

10^2	10^9	10^4
	10^1	

$(-1)^3$		$(-1)^7$
$(-1)^8$		
$(-1)^1$		

> **INFO**
> Pour compléter ces carrés, tu dois maîtriser les calculs avec les **puissances** (chapitres 6 à 8).

4 À vitesse constante

Un véhicule roule à une vitesse constante de 84 km/h.

1. Complète le tableau suivant.

Temps (h)	1,5	4			0,5
Distance (km)			294	210	

2. Représente graphiquement ce tableau dans le repère ci-contre.

3. Que peut-on dire des points du graphique ?

4. Exprime 84 km/h en m/s.

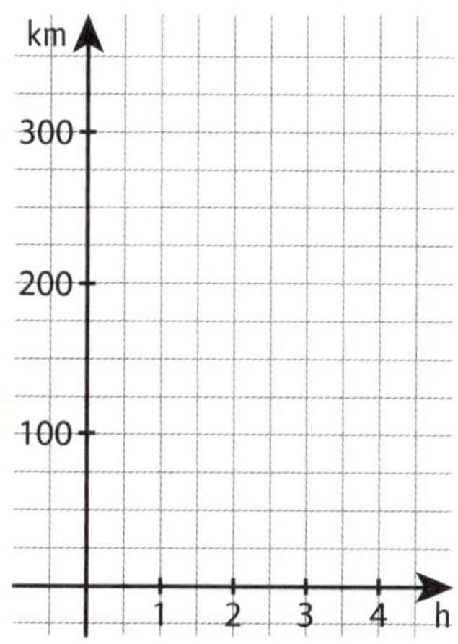

> **INFO**
> Cet exercice porte sur la représentation d'une situation de **proportionnalité** (chapitre 15) et sur les **grandeurs composées** (chapitre 26).

5 Jours de chance

On choisit, au hasard, une journée de l'année 2023.

1. Quelle est la probabilité que ce soit un jour du mois d'août ?
2. Quelle est la probabilité que ce soit le 29 février ?
3. Quelle est la probabilité que ce soit le jour anniversaire de la victoire de Marignan ?
4. Quelle est la probabilité que ce soit le premier jour d'un mois ?

INFO
Ici, tu calcules des **probabilités** (chapitre 17).

6 Trois petits problèmes géométriques

1. Calcule la longueur du 3e côté d'un triangle rectangle dont les deux premiers côtés mesurent respectivement 5 cm et 12 cm. Il y a deux réponses possibles.
2. La figure ci-contre représentant le triangle ABC est volontairement fausse.

a. Calcule la mesure du côté [AB] du triangle ABC.

b. Calcule le périmètre du triangle ABC.

c. Calcule l'aire du triangle ABC.

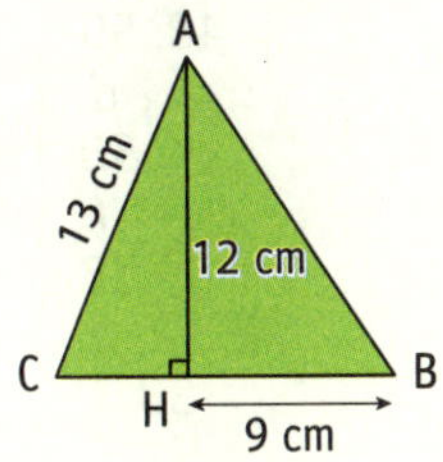

3. Le cône ci-contre mesure 8 cm de hauteur et 6 cm de rayon.

a. Calcule la valeur de l'angle $\hat{a}$ à 0,1° près (commence par calculer le cosinus de $\hat{a}$).

b. Calcule le volume du cône à 0,01 cm^3 près.

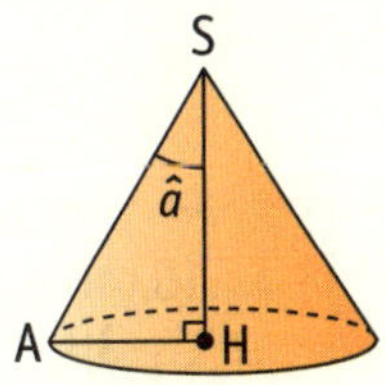

INFO
Voici un exercice de **géométrie** très complet (chapitres 18, 20 et 24). Tu te lances ?

7 Agrandissement

En agrandissant un carré A dans un rapport de 4, on a trouvé un carré B de 324 cm^2. Calcule le côté du carré A.

INFO
Cet exercice porte sur l'**agrandissement** d'une figure (chapitre 23).

8 Petite lutinerie

Le lutin farceur a déconstruit le programme Scratch qui permet d'obtenir la figure ci-contre. Toutes les instructions sont dans l'encadré.

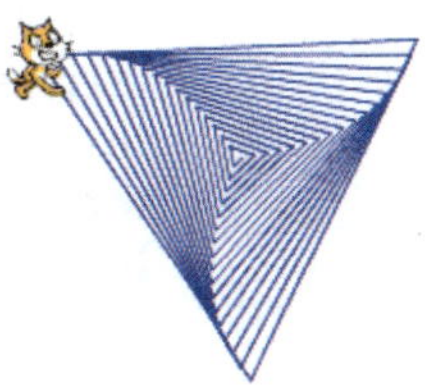

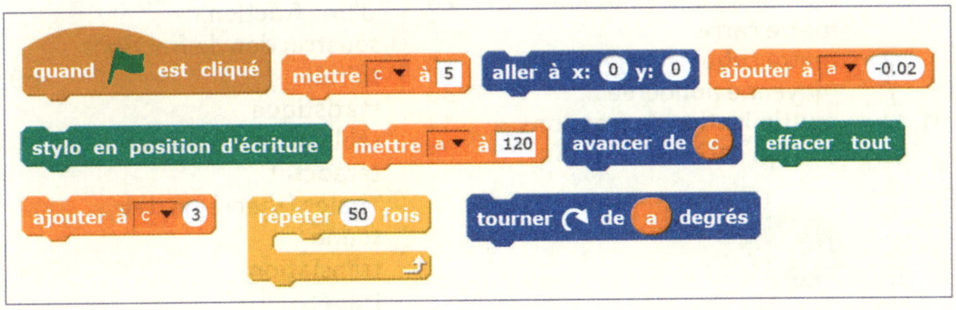

1. Cite les variables que l'on a définies.
2. Reconstruis le programme et fais-le exécuter.
3. On voit $a = 120$ et $c = 5$ au début de l'exécution du programme. Quelles sont les valeurs de a et de c à la fin ? Explique ces résultats.

INFO
Un dernier exercice de **programmation** (chapitres 27 et 28) et te voici fin prêt pour la 3e !

Plus d'exercices sur **www.hatier-entrainement.com**

CORRIGÉS P. 29

Les mots clés

d. au début du cahier
f. à la fin du cahier